Hans Rochelt

Die Billigung des Unaussprechlichen

Besonders mit Hinblick auf das hierin enthaltene Eichendorff-Essay

lieber Vater

zu Weihnachten 1977

Peter

Herausgeber: Vintila Ivanceanu

Rhombus Verlag, Wien

Satz und Druck: Schwidernoch, Wien
Umschlag und Typographie: Peter Croy
ISBN 3-85394-005-6

Hans Rochelt

Die Billigung des Unaussprechlichen

Essays

Rhombus Verlag

Die Billigung des Unaussprechlichen
(Unzeitgemäßes bei Grillparzer)

Grillparzer hat in seiner „Selbstbiographie" deutlich ausgesprochen, was ihm „die wahre Aufgabe der dramatischen Poesie" zu sein schien: „Nicht was durch Erweisbarkeit Billigung; was durch seine bloße Existenz Glauben erzwingt." Auch jede Aufführung wird daran zu messen sein, ob sie durch „bloße Existenz Glauben erzwingt." Und die Aufführungspraxis wird noch schwerer zu meistern, wenn man einen weiteren Satz aus der „Selbstbiographie" als Leitschnur heranzieht, der besagt, daß es „in unserer auf Untersuchung gestellten Zeit" schwer wird, „sich immer auf dem Standpunkte der Anschauung zu erhalten".

Es mag als überholt erscheinen, etwas auf bloße Anschauung hin, ohne nähere Untersuchung, für wahr zu halten. Aber Grillparzer erwartet ja Billigung und möchte Glauben erzwingen; er tritt also für Verhaltensweisen ein, die möglicherweise ein persönlicheres Verhältnis zur Wahrheit gestatten, als alle wissenschaftliche Eingrenzung und Begründung begegnender Wirklichkeit. Sein Trauerspiel „Ein treuer Diener seines Herrn" zog, was nicht allgemein bekannt sein dürfte, die Aufmerksamkeit des Philosophen Ludwig Wittgenstein in besonderem Maß auf sich. Also des Verfassers einer logisch-philosophischen Abhandlung, deren Absicht es war, dem Denken in der Sprache eine Grenze zu ziehen. Vom „Heroismus der Pflichttreue" war in ihr nicht die Rede, wohl aber schrieb Wittgenstein 1919 in einem Brief an Ludwig von Ficker, daß der Sinn dieses Buches ein ethischer sei. Wittgenstein vermerkte in seinem Traktat: „Es ist klar, daß sich die Ethik nicht aussprechen läßt.” Vom Willen, als dem Träger des Ethischen konnte er nicht sprechen, aber in einem der letzten Sätze des Traktats bestätigt er, daß es allerdings Unaussprechliches gibt: „Dies *zeigt* sich . . .”

Bancbanus, Grillparzers eigenen Worten zufolge, ein „ziemlich bornierter alter Mann”, kommt nicht von ungefähr im Trauerspiel und auf der Schaubühne zu der ihm wesensgemäßen Entfaltung. Er nennt sich einen Lehensmann des Friedens und wurde von seinem König als Garant von Ruhe und Ordnung eingesetzt, als Stellvertreter des Königs. Man denke daran, daß hier die im barocken Trauerspiel gültige Theorie der Souveränität noch nachwirkt, die, wie Walter Benjamin ausführt, es zur wichtigsten Funktion des Fürsten macht, den Ausnahmezustand auszuschließen. Bancbanus stemmt sich gegen den Ausnahmezustand, ohne seine Pflichttreue eigens zu deklarieren und auszusprechen. Er „zeigt” sie einfach, mit der ihm eigenen Schlichtheit, Selbstverständlichkeit, ja Borniertheit. Ruhe und Ordnung zerfallen in seinen Händen, der Ausnahmezustand wird in der Fülle der Heimsuchungen, die er erfährt, zur Regel und er muß am Ende froh sein, dem König wenigstens das „hohe Fürstenkind” unversehrt vorweisen zu können. So traditionell die Absicht dieses Grillparzerschen Trauerspiels auch noch sein mag, nämlich, die Tugend des Beschauers zu ertüchtigen, so unkonventionell ist sein Verfahren, vom Ethischen weniger zu sprechen, als dramaturgische und letztlich poetische Maßnahmen zu treffen, die bewirken, daß Ethisches als Unaussprechliches sich einfach "zeigt".

Grillparzers Klassizität geht dabei in Brüche, zum Vorschein kommt dafür die Provokation einer konservativen, einer österreichischen Gesinnung, die listig genug war, sich nicht ins Unaktuell-Historische verbannen zu lassen. Geschichtliches Leben, wie es Grillparzer zu seiner Zeit sich darstellte, ist der Gegenstand seiner Trauerspiele: „Der Dichter wählt historische Stoffe, weil er darin den Keim zu seinen eigenen Entwicklungen findet, vor allem aber, um seinen Ereignissen und Personen eine Konsistenz, einen Schwerpunkt der Realität zu geben, damit auch der Anteil aus dem Reich des Traumes in das der Wirklichkeit übergehe." Im Reich des Traumes wurzelt stets auch das Unzeitgemäße, dem die Leidenschaft des Dichters gilt. Unzeitgemäß muß stets auch die Zitierung des Ethischen erscheinen, das einen fatalen Beigeschmack annimmt, wo es beredet wird, statt durch seine bloße Existenz Glauben zu erzwingen. Wenn Grillparzer auch noch Ordnung, Pflicht und Sitte eigens rühmt, so hat er doch – um mit Wittgenstein zu reden – sehr wohl verstanden, daß das Ethische gleichsam nur von innen her zu begrenzen ist und die Grenze zwischen dem Sagbaren und dem nicht Sagbaren in der Sprache gezogen wird.

Die Konsequenzen solcher Einsicht reichen tief ins Persönliche; sie prägen Grillparzers Umgangsformen, aufgrund deren ihn die einen höchst liebenswürdig, die anderen unerträglich fanden. Sie gipfeln in der Provokation des Schweigen-Könnens und einem schwer nachvollziehbaren, aber entschiedenen Verhältnis zu Erfolg und Mißerfolg, das als „Flucht vor der Größe" nur unscharf gekennzeichnet ist. Grillparzer, „dem leidenschaftlichen Liebhaber der Menschen", war nichts an der Heroisierung seiner Person gelegen. Was er jedoch als Lohn seiner Arbeit forderte, ist mit einem Schlüsselwort seiner Dichtung zu bezeichnen, einem Begriff, der den Kern seiner konservativen Provokation bildet, mit dem Wort „Ehrfurcht".

Bancbanus ist ein Feind von Neuerungen und baut auf „ein still Behagen" in der Brust. Wenn der Arzt Geist und Körper zu „streitsüchtigen Nachbarsherrn" erklärt – „die Grenzen wechseln und verwirren sie", –, so bleibt er davon unbetroffen. Er ist kein Künstler und kein großer Mann, „dem's rappelt", sondern borniert und ehrfurchtheischend. In ihm tritt Unzeitgemäßes ehrfurchtgebietend auf die Bühne. Ehrfurcht gebietet jeweils ein Opfer, ein geleisteter Verzicht, wie jener des Künstlers Grillparzer, der seine schuldhafte Einsamkeit nicht preisgab. Der sogar, um in sich einig zu sein, bereit war, das „Schlimmste von allem, was da stört – Erinnerung" zu opfern. Und seiner eigenen Anmaßung der Einsamkeit, der Isolierung um der Kunst willen, stellte er Primislaus und Libussa entgegen. Grillparzer zählt zu denen, die „alles, was gemeinsam", verletzt. Libussa, die selbst nicht wirken kann in „der Zeit, die neu", segnet sie und verteidigt wider ihr eigenes Lebensgesetz die gemeinnützige Tat. Schreibend und immer wieder die Grenze in der Sprache ziehend bleibt Grillparzer in den Kreis Libussas und ihrer Schwestern gebannt und seine Dichtung verharrt als konservative Herausforderung, der in ihrer Aufrichtigkeit Ehrfurcht nicht versagt bleibt. Angriffen auf dieses Denk-Mal Grillparzers steht Kaschas gelassenes Wort entgegen: „Hoffst du durch Überzeugen dich geschützt? Es billigt jeder das nur, was ihm nützt. Ein einz'ges ist, was Meinungen verbindet: Die Ehrfurcht, die nicht auf Erweis sich gründet."

Destruktion und wortloser Glaube
(Wittgensteins Begrenzung des Ethischen)

„. . . ein revolutionäres Element, diese Abschenkung . . . wo wir hinschauen, revolutionierende Elemente . . .”
Thomas Bernhard: Ungenach

Jean Paul gab einst seinem Sohne, ehe sich dieser in den „Luftballon der Philosophie” einschiffte, etliche Fallschirme mit, deren man dort leicht entraten kann, wo die Philosophie als Wissenschaft festen Boden unter den Füßen hat. So verbat sich der logische Positivismus jeglichen Höhenflug, indem er jede Behauptung der Philosophie zunächst verifiziert haben wollte. Das Verifikationsprinzip konnte mit Fug als wissenschaftlich gelten und die Haltetaue des Luftballons der Philosophie wurden von diesen rechtschaffenen Leuten gar nicht erst gekappt. Ludwig Wittgenstein wird vielfach zu den Begründern des logischen Positivismus gezählt, wenngleich er den Diskussionen fernblieb, die der „Wiener Kreis” über seinen „Tractatus logico-philosophicus” abhielt, und zeitlebens seine eigenen Wege ging.

Sieht man unbefangen von den geltenden Regeln der Wittgenstein-Interpretation hin, so meint man in seinen Schriften weniger eine positivistische als eine radikal unbürgerliche Denkweise erkennen zu können. Diese hätte dann mehr mit Karl Korsch als dem angelsächsischen Positivismus zu tun, brach sie doch mit allen Jenseitsvorstellungen und unterminierte jegliche Sicherheit. Korsch hatte allerdings ausdrücklich vom Standpunkt der materialistischen Geschichtsauffassung die Auseinandersetzung mit den höheren Ideologien der bürgerlichen Gesellschaft – mit Kunst, Religion und Philosophie – gefordert und nach der Ergänzung der ökonomischen und politischen Aktion der revolutionären Klasse durch die geistige gerufen. Wittgensteins Ansatz lag jedoch ausschließlich in der Sprache; Sprachkritik war sein Verfahren der Destruktion.

Schon für Johann Georg Hamann war die Glaubwürdigkeit der Sprache einzig durch Überlieferung und Gebrauch verbürgt. Sprache muß leben, muß gesprochen werden und kann nicht dann auf Wahrheitsbedingungen hin untersucht werden, wenn sie „feiert". Doch was sollte zuvor der Hinweis auf Karl Korsch? Inwiefern erweist sich Wittgenstein als unbürgerlich, wenn man die „Philosophischen Untersuchungen" im Gegensatz zum logisch-philosophischen Traktat des Jahres 1918 und auf seinem Hintergrund betrachtet, wie es der Autor ausdrücklich wünschte? Wittgenstein hat in einem Brief an Ludwig von Ficker, der sich im Besitz des Brenner-Archivs zu Innsbruck befindet und erstmals fragmentarisch in den Erinnerungen Paul Engelmanns veröffentlicht wurde, den Sinn seines Traktats einen ethischen genannt. In dem Brief heißt es an anderer Stelle: „Es wird nämlich das Ethische durch mein Buch gleichsam von Innen her begrenzt; und ich bin überzeugt, daß es, *streng, nur* so zu begrenzen ist. Kurz, ich glaube: Alles das, was *viele* heute *schwefeln,* habe ich in meinem Buch festgelegt, indem ich darüber schweige."

Damit ist deutlich ausgesprochen, daß der „Tractatus logico-philosophicus" nicht Sätze, welche die Ethik betreffen, neben solchen sprachphilosophischen, logischen oder wissenschaftstheoretischen Gehalts enthält, sondern daß der Sinn des gesamten Buches ein ethischer ist. Die Ausführung der Abbildtheorie, die Feststellung des tautologischen Charakters der Logik oder die Gewinnung der allgemeinen Satzform dokumentieren letztlich – wie Wittgenstein 1930 in einem Vortrag über Ethik sagte – eine Tendenz im Menschen, die hochzuachten er nicht umhin könne und über die er sich um keinen Preis lustig machen möchte. Allerdings kann Ethik für ihn keine Wissenschaft sein; was sie sagt, fügt unserem Wissen in keinem Sinn etwas hinzu.

Inwiefern ist die Begrenzung des Sagbaren durch das Unsagbare, die Wittgenstein im Traktat anstrebte, ethisch? Gleichsam von Innen her wollte er dem Ausdruck der Gedanken eine Grenze ziehen: „Was sich überhaupt sagen läßt, läßt sich klar sagen; und wovon man nicht reden kann, darüber muß man schweigen". In einem Brief Walter Benjamins an Martin Buber aus dem Jahr 1916 trifft man auf eine verwandte Äußerung: „In wievielerlei Gestalten auch die Sprache sich als wirksam erweisen mag, sie wird es nicht durch die Vermittlung von Inhalten, sondern durch das reinste Erschließen ihrer Würde und ihres Wesens tun. Und wenn ich von anderen Formen der Wirksamkeit – als Dichtung und Prophetie – hier absehe, so erscheint es mir immer wieder, daß die kristallreine Elimination des Unsagbaren in der Sprache die uns gegebene und nächstliegende Form ist, innerhalb der Sprache und insofern durch sie zu wirken. Diese Elimination des Unsagbaren scheint mir gerade mit der eigentlich sachlichen, der nüchternen Schreibweise zusammenzufallen und die Beziehung zwischen Erkenntnis und Tat eben innerhalb der sprachlichen Magie anzudeuten." Bei Benjamin vollzieht sich die kristallreine Elimination des Unsagbaren in der Sprache, die auf das dem Wort Versagte hinführt, in einem sachlichen und zugleich hochpolitischen Stil. Wittgenstein äußerte sich darüber etwas zurückhaltender, wenngleich es auch ihm darum ging, den „magischen Funken zwischen Wort und bewegender Tat" (Walter Benjamin) überspringen zu lassen. In einem Brief an Paul Engelmann aus dem Jahr 1917 teilte er dessen Bewunderung für Uhlands Gedicht „Graf Eberhards Weissdorn" und faßte in zwei Sätzen, die – laut Engelmann – den Kerngedanken des Traktats enthalten, seine Ansicht zusammen: „Und es ist so: Wenn man sich nicht bemüht das Unaussprechliche auszusprechen, so geht *nichts* verloren. Sondern das Unaussprechliche ist, – unaussprechlich – in dem Ausgesprochenen *enthalten!*"

„Es gibt allerdings Unaussprechliches. Dies *zeigt* sich, es ist das Mystische.", heißt es gegen Ende des Traktats und im nächsten Absatz charakterisiert Wittgenstein seine unbürgerliche Denkmethode, die darin besteht, „immer, wenn ein anderer etwas Metaphysisches sagen wollte, ihm nachzuweisen, daß er gewissen Zeichen in seinen Sätzen keine Bedeutung gegeben hat." (6.53). Damit beginnt die radikale Abschenkung, die Wittgenstein (mit der Unbeirrbarkeit des Erzählers in Thomas Bernhards „Ungenach") ins Werk setzte. Nun heißt es auf jegliches Eigentum, allen liebgewordenen und bisher zäh verteidigten Besitz verzichten, der Wittgensteins bohrender Sprachkritik nicht standhält. In den „Philosophischen Untersuchungen" und den aus Wittgensteins Nachlaß gesammelten,unter dem Titel „Bemerkungen zu den Grundlagen der Mathematik" edierten Manuskripten wird immer wieder der Verzicht auf Gewohnheiten geleistet. Und diese Entäußerung allein gilt Wittgenstein als ethisch, dieser destruktive Akt, der keiner ethischen Norm verpflichtet ist, sondern rein der Klärung des Sprachgebrauchs entspringt.

Die lebendige, gesprochene Sprache ist an sich immer völlig in Ordnung, aber die Destruktion dessen, was Korsch die höheren Ideologien der bürgerlichen Gesellschaft genannt hat, ergibt sich dadurch, daß Wittgenstein herausfindet, welches Sprachspiel jeweils einer spielt und welche Folgen dies zeitigt. Ist die Funktion eines Satzes geklärt, seine Verwendung restlos bekannt, so führt dies gewöhnlich zu einer radikalen Einschränkung seines Geltungsbereichs. Aufgrund seiner Erfahrungen im Umgang mit niederösterreichischen Bauernkindern sah sich Wittgenstein veranlaßt, seine Gedanken neu zu formulieren und sie aus dem einfachen Sprachgebrauch zu entwickeln. So fragt er danach, wie und unter welchen Umständen einem der Gebrauch des Wortes „Gott" gelehrt oder auf welche Weise man mit den Regeln der Grundrechnungsarten vertraut gemacht wurde.

Der Gebrauch eines Sprachspiels innerhalb der Lebensform, deren Ausdruck es ist, wird immer sinnvoll sein, doch erschöpft sich seine Bedeutung bei jedem Versuch, seine Grenzen zu überschreiten. In diesem Sinn sind Wittgensteins „Bemerkungen über die Grundlagen der Mathematik" auch Kritik einer der Säulen unseres gegenwärtigen Weltbildes. Immer wieder wird darin gefragt, warum jemand eine Regel befolgt oder einen Beweis akzeptiert. Wittgenstein zweifelt an dem, aufgrund bestimmter Nutzanwendungen, in die Mathematik gesetzten Vertrauen und entzieht fortwährend jeder auf diesem Vertrauen gegründeten Selbstsicherheit des Denkens den Boden. Ähnlich verfährt er auf einem völlig andersartigen Gebiet, dem der Religion.

Die fromme Einfalt eines Landkindes, das nicht gegen die Grenzen seiner Sprache anrennt, bleibt dabei unangetastet. Für seine Person jedoch muß Wittgenstein höchste Ansprüche stellen und Klarheit innerhalb der mannigfaltigen, untereinander meist nur durch Familienähnlichkeit verbundenen Sprachspiele herstellen. Dabei stoßen ihm zuviele ungeklärte Bedeutungen, unschlüssige Vergleiche und offenkundige Denkfehler auf. Wittgenstein trifft im Bereich des Glaubens immer wieder auf Versuche, Unaussprechliches dennoch in der Sprache auszudrücken, und verwirft solche Sätze, deren Verwendung nur zum Teil oder gar nicht geklärt ist.

Paul Engelmann, der mit Wittgenstein in Olmütz befreundet war und ihm 1926 beim Bau des Hauses in der Kundmanngasse an die Hand ging, meint, daß Witggensteins Glaube wortloser Glaube war. „Nur kein transzendentales Geschwätz, wenn alles so klar ist wie eine Watschen,", schrieb Wittgenstein 1918 an Engelmann und lehnte eine Diskussion über seinen Glauben entschieden ab. „Und es gibt nichts im tieferen Sinn Jüdisches als ein letztes Mißtrauen gegen die Macht des Worts und ein inniges Zutrauen zur Macht des Schweigens", liest man bei Franz Rosenzweig im „Stern der Erlösung". Bei Wittgenstein steht dem Mißtrauen gegen die unklare Anwendung irgendwelcher Erkenntnisse oder Techniken innerhalb der Sprache und damit des menschlichen Lebens das unbegrenzte Vertrauen in die Verwandlung menschlichen Seins entgegen, die schlagartig und ohne Vorbereitung erfolgen kann. Im Traktat heißt es: „Wir fühlen, daß selbst, wenn alle *möglichen* wissenschaftlichen Fragen beantwortet sind, unsere Lebensprobleme noch gar nicht berührt sind." (6.52)

Wittgenstein hat stets behauptet, daß Krankheiten einer Zeit durch eine Veränderung in der Lebensweise des Menschen zu heilen seien und die„Krankheit der philosophischen Probleme" durch eine veränderte Denk- und Lebensweise verschwände. Er hatte selbst eine heilsame „selbstverständlich alle vor den Kopf stoßende Abschenkung" (Bernhard) 1914 unmittelbar vor Kriegsausbruch vorgenommen, als er einen Teil seines ererbten Vermögens Ludwig von Ficker übergab, der das Geld unter anderem Georg Trakl und Rainer Maria Rilke zukommen ließ, und den Rest der Familie schenkte.

Man würde Wittgenstein jedoch mißverstehen, wenn man meinte, er hätte nun das Ideal der Armut gepredigt. Er hatte sich nur von einer Last befreit, die ihm furchterregend erschienen war. So hielt er es nicht nur mit dem Geld seines Vaters, der protestantischen Glaubens und einer der Begründer der österreichischen Eisenindustrie gewesen war, sondern auch mit allen überkommenen oder erworbenen Belastungen innerhalb der menschlichen Sprache. In dieser Abschenkung lähmender kultureller Überlieferunge, ästhetischer Gewohnheiten und

Glaubenstraditionen kam kein urchristliches Gedankengut zum Vorschein, auch strebte Wittgenstein keinen Anteil am Kommunismus an, sofern dieser mit Brecht nicht als Verteilung des Reichtums, sondern der Armut zu verstehen ist.

Daß ihm die Abschenkung zeit seines Lebens nicht restlos glückte, steht auf einem anderen Blatt. Auch bleibt die Frage offen, ob sie tatsächlich revolutionär war oder ob sie nicht bloß umstürzlerisch – innerhalb der Sprache – genannt werden kann. Denn Richtlinien für das, was nachher zu geschehen hat, kannte Wittgenstein nicht und wollte er nicht kennen. Der Glaube an das Proletariat als der nunmehr geschichtsmächtigen Kraft war nicht seine Sache. Er gehörte dem Proletariat auch dann nicht an, als er blutarm seinem Broterwerb als Volksschullehrer bei Kirchberg am Wechsel oder als Gärtnergehilfe in Klosterneuburg nachging. Seine Lebensweise hatte sich geändert, aber der Mensch Wittgenstein war den hohen Ansprüchen verfallen geblieben, die er zeitlebens an sich gestellt hatte.

Er sorgte sich nicht um das „Nachher", sondern blieb seiner Bestimmung eingedenk. Auch dies läßt sich als Zug seiner jüdischen Abkunft deuten, war es den Juden doch untersagt – wie Benjamin schrieb –, der Zukunft nachzuforschen. „Den Juden wurde die Zukunft aber darum doch nicht zur homogenen und leeren Zeit. Denn in ihr war jede Sekunde die kleine Pforte, durch die der Messias treten konnte." Wittgenstein hatte es sich vermutlich zur Gewohnheit gemacht – was Ferdinand Ebner bei Jean Paul zu erkennen meinte –, „das Inkognito des Religiösen" zu wahren. Inhalt und Form dieser Bindung standen nach außen hin nicht zur Debatte. Am Bekenntnis lag ihm nichts. In diesem Bereich zählte nur Verschwiegenheit.

Aber die Abschenkung, durch die niemand beschenkt wurde und die niemandem zusätzliche Lasten aufbürdete, entsprang dem Vertrauen. Wir lesen bei Franz Rosenzweig: „Vertrauen ist das Wort der Bereitschaft, die nicht nach Rezepten fragt, nicht ein „Was soll ich denn nur dann" und „Wie mache ichs denn" zwischen den Zähnen hat. Vertrauen erschrickt nicht vor Übermorgen. Es lebt im Heute, es geht mit sorglosem Fuße über die Schwelle, die aus dem Heute ins Morgen führt. Vertrauen weiß nur vom Nächsten. Und gerade deshalb gehört ihm das Ganze." Einschränkend ist zu sagen, daß Rosenzweig vom jüdischen Menschen spricht, den sein Sendschreiben betrifft, und keinem Irrationalismus Tür und Tor öffnen wollte.

Vertrauen setzte Wittgenstein aber von jeher in die Sprache. Symptomatisch ist in diesem Zusammenhang sein Verhältnis zur Literatur. Bücher, die er einmal akzeptiert hatte, las er immer wieder und lernte dabei ihren Wortlaut auswendig. Ihr Text hatte ihm immer etwas zu sagen; er bezog aus ihm nicht bloß die nackte platte Information. Angesichts des Bestandes und der Haltbarkeit eines Verses von Mörike oder eines Satzes von Gottfried Keller hatte die Sprachkritik nichts mehr zu besagen und Wittgenstein griff zu musikalischen Vergleichen, um die Entrücktheit solcher Texte zu erklären. Auch Wittgensteins eigene Texte sind nicht so beschaffen, daß man ihren Inhalt aufnehmen und zur Tagesordnung übergehen könnte. Sie wollen immer wieder gelesen, laut gesprochen werden; sie speisen ständig neue Kommentare, die sie, ohne Schaden zu nehmen, immer wieder hinter sich lassen.

Wittgenstein sagte einmal, daß er von Sigmund Freud wohl Gescheitheit, aber nie Weisheit erwarten würde. Benjamin definierte Weisheit als die epische Seite der Wahrheit und traf damit den Kern dessen, was Wittgenstein an Gottfried Keller als Weisheit bewunderte. Unaussprechliches kann also – unaussprechlich – in dem Ausgesprochenen enthalten sein, das Mystische kann sich zeigen. Solche Sätze sprechen für sich und lassen sich nicht zertrümmern, noch aus der Erinnerung auslöschen. Aber allen jenen ist schärfstens entgegenzutreten, die über Unaussprechliches zu verfügen meinen und leichtfertig die Grenzen der Sprache verletzen.

Die Bedeutung Ludwig Wittgensteins, der Ludwig von Ficker als Menschenbeispiel – „ein seltsames Ruf- und Fragezeichen" – lebendig vor Augen stand, läßt sich aus seinen Schriften allein nicht zureichend erschließen. Wer seinem Weg folgt, findet sich in einer Welt wieder, in der mit den üblichen Sicherheiten und Konventionen kein Auslangen zu finden ist. Wittgenstein hat diese Ausgesetztheit des Menschen durch seinen eigentümlichen Denkstil unerbittlicher in Erscheinung treten lassen, als dies durch noch so aufrüttelnde und beschwörende Worte möglich gewesen wäre. Angesichts der Sprache, der Ordnung und dem Sinn, auf den er in ihr stieß, hatte er Vertrauen, selbst dann, wenn er sich in unbarmherziger Klarheit ausgestoßen fühlen und seinem Glauben die Nahrung verweigern mußte. Aber mit Nestroy teilte er in dieser Lage die Überzeugung, daß der Fortschritt das an sich hat, „daß er viel größer ausschaut, als er wirklich ist.”

Ritterschaft des Geistes
(Auftrag und Erbe Joseph von Eichendorffs)

„Denn der Adel (um ihn bei dem einmal traditionell gewordenen Namen zu nennen) ist seiner unvergänglichen Natur nach das ideale Element der Gesellschaft; er hat die Aufgabe, alles Große, Edle und Schöne, wie und wo es auch im Volke auftauchen mag, ritterlich zu wahren, das ewig wandelbare Neue mit dem ewig Bestehenden zu vermitteln und somit erst wirklich lebensfähig zu machen. Mit romantischen Illusionen und dem bloßen eigensinnigen Festhalten des Längstverjährten ist also hierbei gar nichts getan."

Reinhold Schneider hat 1948 aus tiefer Sorge um die Zukunft eine Neuausgabe der historischen und literarischen Schriften Joseph Freiherr von Eichendorffs, darunter des Aufsatzes „Der Adel und die Revolution", dem die eingangs zitierten Sätze entnommen sind, in die Wege geleitet. Ein Vierteljahrhundert nach dem Erscheinen dieser Neuausgabe soll untersucht werden, ob die Warnungen in letzter Stunde Eichendorffs wie Schneiders noch Früchte getragen haben oder hoffnungslos zu spät gekommen sind. Schneider warnte vor einem Mißverstehen des Romantikers Eichendorff, der keinesfalls überwundene Formen des gesellschaftlichen und politischen Lebens „in Widerspruch zu den bestehenden Verhältnissen wieder einsetzen" wollte, sondern für den Romantik „das Wirken und Schaffen aus der ganzen Wahrheit des Glaubens, der Geschichte, der Überlieferung" bedeutete. Eichendorffs Kritik am deutschen Adel vor der französischen Revolution war unnachsichtig und diente der

Aufgabe, dem Adel das Erbe als geistigen Wert vor Augen zu stellen und ihn aufzufordern, aus seiner „besonderen, von der Geschichte geformten Art zu leben, zu denken" heraus, ein geistiges Werk zu tun.

Können nun Werk und Person Joseph von Eichendorffs als Beispiel und Leitfaden einer kritischen Gewissenserforschung in unseren Tagen dienen? Haben seine Warnungen nicht ihr bewegendstes Echo im Denken eines konservativen, christlichen Dichters bürgerlicher Abkunft, aber monarchistischer Gesinnung gefunden, für den der preußische Beamte Eichendorff in mehr als einer Hinsicht Vorbild war? Schneider wußte sich dem Dichter Eichendorff verbunden, aber auch dem Historiker, der Schuld als Untreue gegen ein überkommenes Erbe, als Untreue gegen ein Vermächtnis, diagnostizierte, und dem politischen Denker, der das Experiment aus der Politik und der Religion verbannt wissen wollte. Nicht zuletzt deshalb, weil nach seiner Auffassung erst dann auch die Kunst wieder mehr als ein Experiment sein wird, wenn wir in Religion und Politik nicht mehr experimentieren. Darf man sich nun heute noch auf eine Welt berufen, die Jean Paul die „ächtgroße" genannt hat, „auf welcher nur Seelen-Adel, Charakter, große Zwecke, und große Blicke und Verächter der Zeit und Lust und Menschen der Ewigkeit standen und galten, und wo ein Epaminondas, Sokrates, Kato in ihren Katakomben aus ewigen delphischen Höhlen, sprachen und riefen, wo der Ernst, und der Mensch, und Gott alles wog"? Darf man also, statt einen Adel zur Rechenschaft zu ziehen, in dem Ritter vom Schlage Joseph von Eichendorffs nur spärlich gesät sind, Ritterschaft des Geistes unter den Trägern eines bürgerlichen Seelen- oder Kunst-Adels urgieren? Will heute noch jemand etwas von ritterlichem Ernst und der Verantwortung einem nur noch geistigen Erbe gegenüber wissen? Und ist es gar statthaft, um der Rettung der Kunst willen eine Stabilisierung der politischen und religiösen Verhältnisse, die der Zementierung überlieferten Unrechts gleichkommen könnte, zu verlangen?

„Wer in die historische Zukunft hinaus sieht, der findet unter den wachsenden Städten und Thronen, welche den Himmel immer mehr zu einem blauen Streif verbauen – in dem immer tieferen Einsinken der Völker in die weiche Erde der Sinnlichkeit – im tiefern Eingraben der goldhungrigen Selbstsucht – ach in tausend Zeichen einer Zeit, worin Religion, Staat und Sitten abblühen, da findet man keine Hoffnung ihrer Emporhebung mehr – außer bloß durch zwei Arme, welche nicht der weltliche und der geistliche sind, aber zwei ähnliche, die Wissenschaft und die Dichtkunst. Letzte ist der stärkere. Sie darf singen, was niemand zu sagen wagt in schlechter Zeit."

Die Weichen für unsere weiteren Überlegungen betreffs Eichendorffs Ritterschaft des Geistes wurden mittels eines weiteren Jean Paul-Zitats – es ist der „Vorschule der Ästhetik" entnommen – gestellt. Eines Zitats, das der Verdeutlichung einer Vermutung dient, die der Dichter wie folgt formuliert hatte: „Niemals ist vielleicht der Dichter wichtiger als in solchen Tagen, denen er unwichtiger erscheint, das heißt in unsern."

Es verhält sich also bei Eichendorff oder Jean Paul, aber auch bei Reinhold Schneider oder überall dort, wo von Ritterschaft des Geistes die Rede ist, so, daß Dichtung vom Glauben aus verstanden und beurteilt wurde. Ja, dem Abblühen der Religion soll allein die Dichtung entgegenwirken können, wenn – wie Jean Paul sagt – „Philosophie und Gelehrsamkeit sich im Zeitenlaufe zerreiben und verlieren." Dichtung verbürgt gleichsam Erbe und Überlieferung, also das, was geschaffen ist, der Zeit Widerstand zu leisten. Und frägt man den Dichter, warum „das älteste Dichtwerk noch wie sein Apollo ein Jüngling bleibt," „so antwortet er: „Bloß weil das letzte Herz dem ersten gleicht, nicht aber so die Köpfe."

Man muß nochmals auf den seit Petr Chelčicky hart kritisierten Adel zurückkommen, in dem soviel verwerfliche Anmaßung steckt und der heute kaum noch mehr als eine bestimmte Haltung, eine von der Umwelt distanzierte Lebensweise und die Erinnerung an eine von der Geschichte geformte Art, zu leben und zu denken überliefert. Adalbert Graf Sternberg hatte in unserem Jahrhundert den Adel attackiert, der in seinem Kern faul ist, seit er sich „vom Gottesglauben, dem Quell seiner Ritterlichkeit" abgewandt hatte. Für Sternberg war seine unverletztliche Ehre das letzte, was er in unseren Tagen noch retten konnte.

Läßt sich nun, um in angemessener Form von einer Ritterschaft des Geistes reden zu können, heute noch ein wie immer gearteter Zusammenhang zwischen der Dichtung, als dem letzten Rettungsarm „in schlechter Zeit", und der Ehre, als dem letzten Relikt einer von der Geschichte geprägten Lebensform herstellen? Kydos und Kleos lauteten bei Homer und Pindar die Bezeichnungen für unverzichtbare Elemente im Leben der Griechen, die nur unzulänglich mit Ehre und Glück übersetzt werden. Sind Kydos und Kleos, die mehr bedeuten, als aller Ruhm, den Behauptung im literarischen Betrieb unserer Tage mit sich bringen kann, noch Beweggründe für die Schreibenden der Gegenwart? Besteht überhaupt noch ein intakter Traditionszusammenhang, in dem ein Schreibender sich über seinen Tod hinaus verewigen könnte? Der Ruhm des Schreibenden ist in einem Zeitalter fragwürdig geworden, in dem die lückenlose Information über Werk und Autor die altertümliche, im wissenschaftlichen Sinn nie scharf umrissene Kunde vom Dichter aus vergangener Zeit verdrängt hat. Die abgegrenzte Individualität des Schreibenden ist sich selbst suspekt geworden und strebt der Anonymität zu. Der lebendige Zusammenhang zwischen Kunst, Staat und Religion ist längst schon zerbrochen. Ehre und Glück des Einzelnen, so wie sie die Griechen verstanden haben, sind damit funktionslos geworden. „Die Kunst ist also nimmer da als lebendig, sondern als Tod." Dieser Befund war auch für den jungen Clemens Brentano schon unumstößlich und „diesem so außerordentlich komponierten Talent" fiel es bei, wie Eichendorff schrieb, „despektierlich von der Genialität überhaupt zu reden." Aber seine Ironie, resümierte Eichendorff, war keine sich selbst genügende, ästhetisch aufgebaute Kunst, „sondern eine aus innigster Entrüstung hervorbrechende moralische Kunst, um das Schlechte und Gemeine im Leben zu vernichten."

Der Verlust der Religion, den Clemens Brentano zu beklagen hatte, erzeugte in ihm die Ironie, welche die verlorene Einheit nicht mehr zu kitten vermochte. Naturgemäß war auch der Adel aus dem lebendigen, das Mittelalter beherrschenden Zusammenhang einer auf die Religion gegründeten, zentralistischen Ordnung herausgefallen und saß seit dem Dreißigjährigen Krieg, wie Eichendorff es treffend formulierte, auf ewig beweglichem Treibsand. Der Verfall bewirkte es, daß die Bewohner der Schlösser nach Eichendorffs Worten „die Akteurs der großen Weltbühne waren, die nicht den Zeitgeist *machten,* sondern den Zeitgeist *spielten;* das Dekorationswesen der Repräsentation war daher ihr eigentliches Fach und Studium, und bühnengerecht zu sein ihr Stolz."

Es scheint nun kein Zufall zu sein, daß dieses adlige Dekorationswesen, diese gespenstische und zutiefst dilettantische Schau- und Komödienspielerei an einem kritischen Punkt unserer zeitgenössischen Literatur sich wiederum hartnäckig zu Wort meldet. „In diesem Schauspiel herrschen erfrorene Geistesverfassungen, Phantasien, Philosopheme, Idiotien, ein auf seinem Höhepunkt erstarrter Maskenwahnsinn," heißt es in Thomas Bernhards Roman „Verstörung". Ironie und eine makabre Lustigkeit prägen diese ästhetisch perfektionierte, von Invektiven gegen den Staat in seiner gegenwärtigen Form strotzende Prosa. Der Kunst in ihrer Autonomie, dem Dichter in seiner undurchlässigen Individualität, blieb kein anderer Ausweg, als der Rückzug auf die eigene, wahnsinnsgemäße Einsamkeit, die als groteskes, todgeweihtes Endprodukt einer hoffnungslos korrupten geschichtlichen Entwicklung der Öffentlichkeit preisgegeben werden mußte.

Solche Dichtung klammert sich an die groteske Geste, die über das Individuum hinausweist und gegen alle herrschende Vernunft sich anschickt, den Wahnsinn der Isolierung zu überspringen. Grotesk mutet jede Rückwendung zur Geschichte oder zu den Formen einer abgeblühten Religion an, grotesk wäre auch jede Berufung auf den Begriff der Ehre, zumal dann, wenn ein Zusammenhang zwischen Dichtung und Ehre, zwischen autonomer Kunst und dem geschichtlich geformten Ausdruck eines Gemeinschaftsempfindens gestiftet werden soll. Und darum ginge es, sofern in angemessener Weise von Ritterschaft des Geistes die Rede sein soll.

Es handelt sich also, wenn von Ehre die Rede ist, nicht um einen Begriff, der sich nach den Regeln eines Kodex handhaben ließe. Auch steht nicht die Satisfaktionsfähigkeit zeitgenössischer Dichter zur Debatte. Mit dem Begriff Ehre wird vielmehr auf einen Bereich angespielt, in dem die Freiheit des Individuums zur Vermittlung mit der Gemeinschaft gelangt. Mit der Ehre des Menschen wird ein unverletzlicher Freiheitsraum verteidigt, zugleich aber werden ein Leben lang tunlichst die Voraussetzungen für ein Andenken nach dem Tode geschaffen, das dem Menschen, seinem Werk und seiner Person, im wahrsten Sinn des Wortes gerecht wird. Was sich zunächst als Rückzug von der Gemeinschaft ausnimmt, als ein Abstand-Nehmen, zielt letztlich auf die Verwirklichung der innigsten Gemeinschaft, die dann vollzogen wird, wenn dem einzelnen Menschen von seiten der Gemeinschaft Gerechtigkeit widerfährt. Es liegt auf der Hand, daß solche Gerechtigkeit nur gewährleistet ist, wenn man sich mit Experimenten in den autonomen und voneinander losgelösten Bereichen der Kunst, der Religion und des Staates nicht länger begnügt, sondern die „romantische" Einheit des Joseph von Eichendorff wieder aufersteht. „Die Romantik wollte ein Ganzes: die Durchdringung aller Erscheinungen des Lebens und des Geistes von der *einen* Wahrheit", schrieb Reinhold Schneider.

Sind nun Eichendorffs Warnungen zu spät gekommen und war auch die Neuedition seiner Prosa-Schriften durch Reinhold Schneider vergeblich? Könne wir Heutigen Eichendorffs Vermächtnis unbesehen als geistiges Erbe übernehmen? Alle Berufung auf Wert und Ehre deutschen Schrifttums oder auf das Unvergängliche in der Kunst ist zumeist deshalb fragwürdig, weil sie auf eine Rettung der antonomen Kunst zielt und nicht auf die Wiederherstellung des umfassenden, von Eichendorff gemeinten Zusammenhanges. Oder sie dient gar der Erhaltung der Kunst als eines Instruments zur Wahrung bestimmter Privilegien. Was nun in Gang gekommen ist, etwa die Zersplitterung der Tendenzen in Richtung auf eine elitäre Vereinzelung des Künstlers, auf eine Demokratisierung der Kunst oder letztlich auf die Aufhebung des Begriffes Kunst, all dies muß zur Kenntnis genommen werden. Selbst Eichendorff hätte es in seiner Ehrfurcht vor dem Gericht in der Geschichte hingenommen. Was der gegenwärtige Umbruch noch zutagefördert, läßt sich nicht absehen. Unmenschliche Ordnungen sollten zerbrochen werden, auch wenn die Kunst dabei zu Schaden kommt. Auch gibt es vielleicht keinen anderen Weg, dem Menschen zum Bewußtsein seiner Ausgesetztheit zu verhelfen als den Zerfall aller in der Geschichte gewachsenen Ordnungen. Mißbrauch des Staates, Orientierungslosigkeit im Religiösen sollten nicht durch eine fragwürdige Geborgenheit in der Kunst bemäntelt werden.

Alle Ritterschaft des Geistes freilich, die in solchen Tagen aufbricht, muß donquijoteske Züge tragen und sich zum großen Wagnis der Wiederherstellung zerbrochener Ordnungen bekennen. Vielmehr als groteske Gesten sind von diesen Rittern nicht zu erwarten. Haltung und Anstand, um den Preis der Lächerlichkeit geübt, aber getrieben von dem tiefen, ja religiösen Ernst eines Clemens Brentano, der gesagt hatte: „Es ist entsetzlicher, von gemeinen Menschen für genialisch, als für einen Narren gehalten zu werden." Grotesk in der Anmaßung, verletzlich in ihrer Ehre und mit einem empfindlichen Gerechtigkeitsgefühl ausgestattet müssen die Ritter des Geistes sein. Und bereit, zu scheitern, ohne ihr mögliches Versagen durch militante Arroganz zu bemänteln. Und beseelt vom schlichten Vertrauen eines Jean Paul, der nicht nur die ewig junge Dichtung singen ließ, „was niemand zu sagen wagt in schlechter Zeit", sondern der auch geschrieben hatte: „Das Gute wächst auf den Jahrhunderten, das Böse auf dem Augenblicke; jenes lebt von der Zeit, dieses stirbt an ihr."

Die Behauptung der Dichtung gegenüber der Literatur.

(Martin Heidegger und das Vertrauen zur Sprache)

„Lukács hätte wohl die Mittel, um Heidegger zu verstehen, aber er versteht ihn nicht, denn er müßte ihn lesen und Satz für Satz den Sinn erfassen. Und meines Wissens gibt es keinen Marxisten mehr, der dazu noch fähig wäre." Diese Sätze schrieb Jean Paul Sartre im Namen eines originären Marxismus, der umso siegreicher ablehnt, je besser er kennt, was er verwirft und verurteilt. Dem tut keinen Abbruch, daß Sartre möglicherweise – wie Robert Minder meint – zu gewissen französischen Ästheten zählt, die in Heidegger ephebenhaft den starken Mann umschwärmen. Minder freilich, der den Versen des deutschen Denkers „unfreiwillige Komik gefühlsdumpfer Heimatdichterei" attestierte und immer wieder die „alleinseligmachende Schollenverbundenheit" aufspürte, bestätigte auch Heideggers Wirkung in der Welt: „Wenn Heidegger als Denker auf die Welt gewirkt hat und wirkt, so gewissermaßen trotz seiner Sprache. Wie sehr sie sich auch mit dem Heimatjargon eines Wilhelm Schäfer, Burte, Kolbenheyer überschneidet – der Mann, der dahintersteht, besitzt ein anderes Format. Heidegger ist ein rational geschulter Denker, ein mit allen Wassern des Thomismus, des Hegelianismus, des Nietzscheanismus gewaschener Dialektiker, ein Techniker der Philosophie, dessen affektiert rustikale Bilderwelt, in die Fachsprache zurückübersetzt, an verzwickte Probleme heranzuführen imstande ist und der auch als Poetologe einiges zu sagen hat auf Grund eines Scharfsinns und einer umfassenden Belesenheit, die weder die antiken Tragiker noch Avantgardisten wie René Char oder Maler wie Bracque ignoriert."

Man braucht sich also die Beschäftigung mit Martin Heidegger nicht verdrießen lassen, zumal auch seine Zertrümmerung, die Walter Benjamin und Bertolt Brecht einst im Sinn hatten, nicht stattgefunden hat.

An Indizien dafür, daß Heidegger bloß ein faschistischer Ideologe war, mangelt es zwar nicht. Dennoch geht die Rechnung nie restlos auf und man erliegt immer wieder der Versuchung, sich mit Heidegger einzulassen und sei es nur, um den Ursprüngen faschistischen Denkens auf die Spur zu kommen.

„Die nationalsozialistische Revolution ist nicht bloß die Übernahme einer vorhandenen Macht im Staat durch eine andere dazu hinreichend angewachsene Partei, sondern die Revolution bringt die völlige Umwälzung unseres deutschen Daseins. Von nun an fordert jedwedes Ding Entscheidung und alles Tun Verantwortung." Mit diesem Zitat aus einer Ansprache, die Heidegger am 11. November 1933 in Leipzig hielt, ließe sich vieles von dem, was Heidegger damals und später zu Papier brachte, kurzerhand vom Tisch fegen. Er hatte sich damals ausdrücklich von der Vergötzung eines boden- und machtlosen Denkens losgesagt und den Mut beschworen, der nach vorn lockt, sich vom Bisherigen löst und das Ungewohnte und Unberechenbare wagt. Der damals Vierundvierzigjährige beanspruchte Autorität, ja Macht und äußerte sich in der Form eines ehernen Diktats.

So unzumutbar dieser Anspruch im nachhinein erscheint, wäre es falsch, ihn als bloße Pose zu entlarven. Heidegger hat auf diesen Anspruch auch nicht verzichtet, als er angesichts der Realität der nationalsozialistischen Diktatur resignierte und sich aus der Öffentlichkeit zurückzog. Zur Vergötzung eines machtlosen Denkens hat er auch dann nicht zurückgefunden, wenn er das Denken Furchen in den Acker des Seins ziehen läßt oder schreibt: „Unser Denken soll kräftiger duften wie ein Kornfeld am Sommerabend." Man muß Heidegger trotz allem sachlich nach-denken, ihn lesen, wie Sartre empfiehlt, und Satz für Satz den Sinn des Gelesenen erfassen. Anstoß dazu kann die von Heidegger immer wieder gestellte Frage nach der Dichtung geben, seine Frage: „Wozu Dichter?"

Verdächtig ist freilich, daß – wie Robert Minder formuliert – neben Hölderlin „nur drei oder vier andere Erwählte in den rigorosen Tempelbezirk zugelassen werden: Trakl, George, Benn und, als Hölderlins Schwarzwälder Bruder, Hebel. Alle anderen Dichter und Denker durch Jahrtausende sind als wesensfremd verworfen, mit dem gelben Stern der Seinsentfremdung behaftet." Auch diese Selektion ist irritierend und eine massive Herausforderung an die zu differenzierteren Urteilen gelangte Literaturgeschichte. Dem ersten Anschein nach geht es um eine sektiererische Privatreligion, wobei den Interpretationen Heideggers keine nachprüfbaren Kriterien zugrundeliegen. Dichtung steht in Frage als etwas Höheres, den Niederungen des Literaturbetriebs Entrücktes, zu dem das Denken nachbarliche Beziehungen unterhält. Bleibt es nun bloße Anmaßung, im Zusammenhang mit Dich-

S. 38
Hans Rochelt
ELCO

UNIV.-PROFESSOR
DR. HERMANN HAUPT
HANS-BRANDSTETTER-GASSE 25/3
8010 GRAZ

tung einen entschiedenen Anspruch zu formulieren? Darf neuerdings von Ernst die Rede sein, von einem höheren Leben oder gar einem vornehmen Typus des europäischen Menschen?

Angesichts des heiklen Themas empfiehlt es sich, schrittweise von einer Feststellung Heideggers in der 1952 in Freiburg gehaltenen Vorlesung „Was heißt Denken?" auszugehen, die besagt, daß das Denken in die Nähe des Dichtens gebracht und gegen die Wissenschaft abgesetzt wurde: „Für uns gehört die Dichtung seit langem schon zur Literatur, ebenso das Denken. Man findet es in der Ordnung, daß die Dichtung und ihre Geschichte literarhistorisch abgehandelt werden. Es wäre töricht diesen Zustand, der weit zurückliegende Gründe hat, zu bemängeln oder gar über Nacht abändern zu wollen. Gleichwohl – ist Homer, ist Sappho, ist Pindar, ist Sophokles Literatur? Nein! Aber sie erscheinen uns so und nur so, auch dann, wenn wir dabei sind, literarhistorisch nachzuweisen, daß diese Dichtungen eigentlich nicht Literatur sind."

Heidegger kritisiert immer wieder den durch Kritik und Reklame angeheizten Literaturbetrieb. Durch das Literarische und in ihm als dem Medium glichen sich Dichten und Denken der Wissenschaft an. Er suchte aber gerade Dichten und Denken gegen die Wissenschaft abzusetzen und hatte seine Gründe dafür: „Doch gerade weil das Denken nicht dichtet, aber ein ursprüngliches Sagen und Sprechen der Sprache ist, muß es dem Dichter nahe bleiben. Weil aber die Wissenschaft nicht denkt, muß das Denken in seiner jetzigen Lage so eindringlich auf die Wissenschaften achten, wie diese es für sich selber nicht vermögen."

Wer sich hier nicht in die Behauptung, daß die Wissenschaft nicht denkt, verbeißt, wird bemerken, daß die Frage nach der Unterscheidung der Dichtung von der Literatur mit begrifflichen Definitionen nicht hinlänglich zu beantworten ist. Da auch das Literarische notgedrungen in der Weise wissenschaftlicher Vergegenständlichung erscheint, hat die Kritik tiefer anzusetzen. Heidegger spricht es im folgenden unumwunden aus, daß die neuzeitliche Wissenschaft im Wesen der Technik gründet. Heidegger drängt auf die Auseinandersetzung mit dem Wesen der Technik hin, das selbst nichts Technisches ist. Woher stammt aber diese Behauptung, daß das Wesen des Technischen sich seinerseits nicht als Gegenstand unter Gegenständen bestimmen und entsprechend einordnen ließe?

Die herrschenden Erkenntnisweisen sind doch klar zu bestimmen. Der Mensch hat es mit Gegenständen zu tun, zwischen denen er bestimmte Ordnungen herstellt. Primär geht es dabei um Existenzsicherung, um eine Absicherung gegen alle nur möglichen Eventualitäten, die mit immer feineren Methoden aufgespürt und unschädlich gemacht werden. Der Mensch erleidet nicht passiv die Begegnung mit der Welt, sondern gestaltet sie, greift aktiv in die Beziehungen zwischen Gegenständen ein und setzt seinen Willen durch.

Dieses unbefangene, vorgeblich objektive Verhältnis zur Welt ist dem Menschen freilich nicht von ungefähr in den Schoß gefallen. Die Erleichterung, die er verspürte, als er den Ereignissen sachlich und vorurteilslos gegenübertreten konnte, mußte erst erkauft werden. Der Preis, der dafür zu bezahlen war, ist noch nicht näher bekannt. Es läßt sich freilich nicht leugnen, daß die explosive Entwicklung, die dabei in Gang kam, ihren Ursprung aus den Augen verloren hat und sich als selbstverständliche Realität hinnimmt, deren Anspruch auf Expansion außer Zweifel steht.

Es klingt nun nicht mehr so befremdlich, wenn Heidegger behauptet, daß die Wissenschaft nicht denkt. Denken beinhaltet für Heidegger immer den Bezug zum Ursprünglichen und Anfänglichen. Dieses muß freilich nicht im Sinne eines gegenständlichen Wissens und Besitzens verfügbar sein. Der Bereich des wissenschaftlich Erkennbaren ist soweit begrenzt, daß ihm der Zugang zum eigenen Ursprung verwehrt ist. Wittgenstein hat dies deutlich erkannt und das Denken auf die wissenschaftliche Verifizierbarkeit festgelegt und sich alle darüber hinausgehenden Aussagen strikt verbeten.

Seit jeher kommen aber die Dinge durch die Sprache wieder in Fluß. Eindeutige Grenzziehungen erweisen sich mit einemmal als nicht haltbar und Bollwerke, die für alle Ewigkeit erbaut schienen, werden weggespült. Hier eröffnet sich die Einsicht, daß die Sprache unserer Verfügung keineswegs restlos anheimgegeben ist und eine Reglementierung nicht verfängt. Es stellt sich heraus, daß uns die Sprache nicht bloß als Werkzeug dient, sondern daß sie vielmehr unsere Seinsweise in einem elementaren Sinn bestimmt. Diese Einsicht erschöpft sich nicht in der banalen Tatsache, daß wir beim Erlernen der Sprache notgedrungen in eine Vielfalt von Beziehungen, Konventionen und Gewohnheiten verstrickt werden. Sie eröffnet vielmehr die Möglichkeit, durch „Philologie" im eigentlichen Sinn des Wortes, durch ein Hören auf die Sprache, aus der heraus wir sprechen, denkend andere Wege zu gehen als den pfeilgeraden, so unabänderlichen wie folgerichtigen Weg, den uns die neuzeitliche Wissenschaft vorschreibt. Heidegger sagte 1951 in einem Vortrag:

„Woher nimmt der Mensch überhaupt den Anspruch, in das Wesen einer Sache zu gelangen? Der Mensch kann diesen Anspruch nur dorther nehmen, von woher er ihn empfängt. Er empfängt ihn aus dem Zuspruch der Sprache. Freilich nur dann, wenn er und solange er das eigene Wesen der Sprache schon achtet. Indessen rast ein zügelloses aber zugleich gewandtes Reden und Schreiben und Senden von Gesprochenem rings um den Erdball. Der Mensch gebärdet sich, als sei er Bildner und Meister der Sprache, während doch sie die Herrin des Menschen bleibt."

Wenn Heidegger darauf beharrt, daß eigentlich die Sprache spricht, wie verhält es sich dann mit dem menschlichen Verstand? Er ist in allem wissenschaftlichen Erkennen wirksam und dient demgemäß dem menschlichen Willen als treues Werkzeug. Er arbeitet konsequent, hält sich beweglich und stellt Beziehungen her. Er kann in einer Weise perfektioniert werden, daß jegliche menschliche Unvollkommenheit, die sein klagloses Funktionieren beeinträchtigen könnte, ausgeschlossen wird. Er ist festgelegt auf das Erfolgsprinzip, das dem Willen die vollkommene Durchsetzung seiner Ansprüche ermöglicht. Heidegger setzt nun das Denken deutlich gegen den Verstand ab. Das Denken zielt nicht auf Erkenntnis und Mehrung des Wissens. Es verleugnet aber keineswegs die Verfassung, in der sich der Mensch in der Gegenwart befindet. Es wertet diese Gegenwart nicht ab, sondern sucht sie nur, da sie ihm einmal frag-würdig geworden ist, in ihrem Wesen zu begreifen, das heißt in dem, was von ihr aus zum Menschen spricht und nicht umgekehrt von ihm in sie hineingelegt wird. Wie aber kann der Mensch eine schier unaufhaltsam gewordene Entwicklung, die ihn in jedem Augenblick mitreißt, bedenken? Wie kann er ihr Einhalt gebieten, um offen zu werden, für das, was auf ihn einspricht?

Wir haben unsere Betrachtung eingeengt auf das Verhältnis von Dichtung und Literatur bei Martin Heidegger, auf die Möglichkeit der Behauptung der Dichtung gegenüber der Literatur und sehen uns nun abgedrängt auf den scheinbar wesensfremden Bereich der Technik. Heidegger steht dem Literarischen kritisch gegenüber und verweist auf den Betrieb, in dem für die Öffentlichkeit bestimmter Lesestoff erzeugt, in seinem Bestand sichergestellt und um den Erdball vertrieben wird. Er leugnet nicht, daß uns auch Dichtung gegenwärtig nur in Form von Literatur begegnet und in ihr existiert.

Dichtung ist als literarischer Gegenstand der wissenschaftlichen Forschung zugänglich. Heidegger spricht an einer Stelle aus, worauf das Wesen der Wissenschaft beruht. Der Satz lautet: „Die Wissenschaft ist die Theorie des Wirklichen." Heidegger will diesen Satz nicht als fertige Definition oder als handwerkliche Formel verstanden wissen, sondern hält ihn einer Erläuteruntg für bedürftig. Er bedenkt den Wandel, den das ‚Wirkliche' erfahren hat, das uns nunmehr als Tatsächliches entgegentritt und als solches sichergestellt wird. Das Wirkliche als das Tatsächliche, als der Gegenstand, ist nun von der Theorie, von der Art, in der es betrachtet wird, nicht zu trennen. Die Theorie fordert das Wirkliche eigens auf seine Gegenständigkeit hin heraus. Sie stellt das Wirkliche in seiner Gegenständigkeit sicher, wodurch es übersehbar und in seinen Folgen verfolgbar wird. Das Wirkliche wird zu einer Mannigfaltigkeit von Gegenständen, die ihrerseits eine Auffächerung der Theorie, die Spezialisierung der Wissenschaft erforderlich macht.

Von der Theorie wurde auch die Dichtung als Gegenstand festgestellt. Was aber für die Wissenschaft von der Natur gilt, muß auch von der Theorie der Dichtung gelten: „Die Natur ist in ihrer Gegenständigkeit für die moderne Naturwissenschaft nur eine Art, wie das Anwesende, das von altersher ‚physis' genannt wird, sich offenbart und der wissenschaftlichen Bearbeitung stellt. Auch wenn das Gegenstandsgebiet der Physik in sich einheitlich und geschlossen ist, kann diese Gegenständigkeit niemals die Wesensfülle der Natur einkreisen."

Demnach ist auch Dichtung zunächst das Unumgängliche auf das die Theorie stößt und das sie in seiner Gegenständigkeit feststellt, aber nie in seiner Wesensfülle erschöpfend einkreist: „Die Sprache spricht jedoch, ohne daß sie zur Literatur wird und vollends unabhängig davon, ob die Literatur ihrerseits in die Gegenständigkeit gelangt, der die Feststellungen einer Literaturwissenschaft entsprechen."

Fassen wir zusammen: Dichtung und Sprache sprechen auch außerhalb des wissenschaftlich feststellbaren, sie als Gegenstände umgrenzenden Bereichs. Daß Dichtung heute nur in Form von Literatur begegnet, ist eine geschichtliche und somit fragwürdige Tatsache. Dichtung soll nicht nur von seiten des Menschen festgestellt, verbreitet und in ihrem Bestand gesichert werden, sondern soll ihrerseits auch immer wieder unabhängig ihr Wesen offenbaren können. Dies bedeutet, daß dem menschlichen Denken ihre gegenwärtige Erscheinungsform fragwürdig wird und es sich ihrem Anspruch öffnet.

Dem steht entgegen, daß die Philologie als Theorie der Sprache und Literatur selbst niemals zum Gegenstand philologischer Betrachtung werden kann. Genausowenig, wie man durch eine mathematische Berechnung etwas über die Mathematik als Theorie aussagen kann, kann die Literaturwissenschaft die von ihr entwickelten Methoden auf sich selbst anwenden. „So zeigt sich etwas Erregendes. Das in den Wissenschaften jeweils Unumgängliche: die Natur, der Mensch, die Geschichte, die Sprache, ist *als* dieses Unumgängliche für die Wissenschaft und durch sie unzugänglich."

Das Unumgängliche bedingt somit jegliche Wissenschaft. Der Mensch kann sich seiner selbst – der Natur, der Geschichte, der Sprache – bemächtigen, indem er das Unumgängliche, auf das er gestoßen ist, als Gegenstand feststellt. Ist ihm diese Art der Theorie aber fragwürdig geworden, dann muß er sich bescheiden. Er kann nun nicht mehr dem Fragwürdigen methodisch nachstellen, es mit den Mitteln seines Verstandes erhellen und einordnen. Er muß vielmehr zunächst auf diesen Erfolg verzichten. Das Fragwürdige bleibt in seiner Unscheinbarkeit dem Denken aufgegeben, das nicht mit raschen Zügen ans Ziel gelangen kann, sondern der Unruhe ausgeliefert und somit auf dem Weg bleibt.

Man muß wiederum ausdrücklich festhalten, daß Heidegger die Gegenwart nicht abwertet, noch sich aus ihr zurückzieht, wenn er von der Fragwürdigkeit der Dichtung für das Denken spricht und dem Unumgänglichen in ihr.

Der Ort unseres Aufenthalts, an dem uns Dichtung als Literatur gegenübertritt, ist ein geschichtlicher, dem man sich durch eine plötzliche Abkehr von der Geschichte nicht entziehen kann. Auch eine Abkehr von der Technik, ihre Verdammung und die Beschwörung vergessener Werte, ist nicht möglich. Wohl aber kann es sich das Denken angelegen sein lassen, denkend dem Wesen der Technik zu entsprechen. Hier wird es auf den gleichen Weg verwiesen, den es angesichts des Unumgänglichen der Wissenschaft einschlägt, wo jede landläufig erfolgssichere Methodik der Feststellung des Richtigen und Tatsächlichen, das sich im strengen Sinn jedoch vom Wahren unterscheidet, versagt.

Wo das Denken dem Wesen der Technik zu entsprechen versucht, schürzt sich in ausgezeichneter Weise zugleich der Knoten der Frage nach dem Wesen der Dichtung. Wie ist aber das möglich, wo unsere durch die Technik beherrschte Daseinsverfassung die Verfestigung der Dichtung in der Form der Literatur in die Wege leitete? Dichtung wurde als Produktion bestimmt und wird als Produkt marktgerecht verfertigt und vertrieben. Dichtung wird als „hohe" Dichtung nicht mehr akzeptiert, sondern in ihren Entstehungsweisen einsichtig und in ihren Inhalten faßlich gemacht. Dies hängt mit Leistungen der Literaturwissenschaft, die ihre Interpretationsmethoden verfeinern konnte, zusammen, aber auch mit der Tatsache der weltweiten

Verbreitung von Dichtung einerseits und Informationen über Dichtung andererseits. Dichtung wurde ihrer Esoterik beraubt und es fällt schwer, Dichter heute noch als Leit- und Vorbilder aufzubauen.

Kunst ist ganz allgemein reproduzierbar geworden, die Aura um das Kunstwerk wurde zerschlagen, das seines individuellen Ursprungs verlustig ging und sich von nun an der Kontrolle durch die Öffentlichkeit ausgesetzt sah. Die Avantgarde suchte diesem Trend durch kollektive Formen künstlerischer Produktion zu entsprechen oder dadurch, daß sie ihren Produkten modellhafte Züge zu verleihen trachtete. Modelle sind übertragbar und zur weiteren Verwendung bestimmt. Ihr Schöpfer isoliert sich nicht, sondern öffnet sich der Mitwelt, der er bereitwillig das Opfer der Originalität bringt. Die Kunst in allen ihren Formen wurde so durch ein gesteigertes gesellschaftliches, auf Änderung der herrschenden Verhältnisse abzielendes Bewußtsein bestimmt.

Dem steht nun in einer scheinbar hoffnungslos reaktionären Position Martin Heidegger gegenüber, der den Denker das Sein sagen und den Dichter das Heilige nennen läßt. Doch kehren wir nochmals zur Frage nach dem Wesen der Technik zurück, die genauso wie jene nach dem Wesen der Dichtung bedacht werden will. Heidegger verweist auf den ursprünglich engen Zusammenhang zwischen Technik und Dichtung als bestimmten Weisen des Her-vor-bringens, die im Lichte der Wahrheit angesiedelt waren. Er führt keine Beweise dafür an, daß es einmal so und nicht anders gewesen sei, bringt aber immer wieder Hinweise, die nicht zuletzt deshalb bedenkenswert sind, weil sie aus der Sprache kommen.

Heidegger ist als Etymologe des öfteren schärfstens kritisiert worden, wobei man jedoch stets übersehen hat, daß es ihm nicht um Resultate innerhalb der Etymologie zu tun war, sondern um Wegweiser für ein Denken, dem seine Zweck- und Erfolglosigkeit stets einsichtig waren. Dieses Denken will keine Konkurrenten übertrumpfen, nicht scharfsinnig und reaktionsschnell agieren, wohl aber dem Unscheinbaren Folge leisten. Ihm dient das griechische Wort 'aletheia', das gewöhnlich mit 'Wahrheit' übersetzt wird, als Hinweis dafür, daß dabei nicht die Feststellung eines Richtigen, den Maßen unseres Verstandes Entsprechenden gemeint ist, sondern daß von sich aus etwas sich entbirgt, daß Verborgenes ins Unverborgene kommt. „Die Griechen haben dafür das Wort ‚alétheia'. Die Römer übersetzen es durch ‚veritas'. Wir sagen 'Wahrheit' und verstehen sie gewöhnlich als Richtigkeit des Vorstellens."

Die Möglichkeit des Entbergens muß gegeben sein und die Technik ist nicht Schöpfung aus dem Nichts, sondern eine Weise des Entbergens. Nicht von ungefähr ist ‚téchne' bei den Griechen nicht nur der Name für handwerkliches Tun und Können, sondern auch für hohe Kunst.

„Das in der modernen Technik waltende Entbergen ist ein Herausfordern, das an die Natur das Ansinnen stellt, Energie zu liefern, die als solche herausgefördert und gespeichert werden kann."

Heidegger macht dabei die verschärfende Unterscheidung, daß es die moderne Technik nicht mehr mit Gegenständen zu tun hat, sondern daß das Gegenständliche zum Bestand umgeformt wurde, der bestellbar, verfügbar und gesichert ist. Wie steht es jedoch dabei um den Menschen? Wird er selbst als Bestand erfaßt und verfügbar gemacht?

„Indem der Mensch die Technik betreibt nimmt er am Bestellen als einer Weise des Entbergens teil. Allein die Unverborgenheit selbst, innerhalb deren sich das Bestellen entfaltet, ist niemals ein menschliches Gemächte, so wenig wie der Bereich, den der Mensch jederzeit schon durchgeht, wenn er als Subjekt sich auf ein Objekt bezieht."

Der Mensch hat also nicht von sich aus die moderne Technik in die Welt gesetzt, sondern hat im Verlauf der Geschichte und seines Geschickes der Herausforderung entsprochen, das Wirkliche als Bestand zu bestellen. Was dabei vorsichging, geschah nicht im Verborgenen, sondern vollzog sich in der Unverborgenheit, als Wahrheit, die ihrerseits keinen menschlichen Beschränkungen unterliegt und als solche für den Menschen nicht verfügbar ist. Solange der Mensch nun im Willen befangen bleibt, die Technik zu meistern, bleibt er der Gefahr ausgesetzt, das Bestellen des Wirklichen als einzige Weise der Entbergung zu erfahren. „Weil das Wesen der Technik nichts Technisches ist, darum muß die wesentliche Besinnung auf die Technik und die entscheidende Auseinandersetzung mit ihr in einem Bereich geschehen, der einerseits mit dem Wesen der Technik verwandt und andererseits von ihm doch grundverschieden ist. Ein solcher Bereich ist die Kunst. Freilich nur dann, wenn die künstlerische Besinnung ihrerseits sich der Konstellation der Wahrheit nicht verschließt, nach der wir *fragen.*"

Heideggers Vortrag „Die Frage nach der Technik", den er 1953 in München hielt, endet mit dem Hinweis, daß das Fragen die Frömmigkeit des Denkens sei.Für unser Thema ist von Belang, daß Heidegger das Schicksal der Technik so eng mit jenem der Kunst verknüpft hat. Beide stehen in einem geschichtlichen Bezug zur Wahrheit und beiden kann nicht hinlänglich in der Weise wissenschaftlichen Vorstellens entsprochen werden. In jedem Fall bleibt das Denken in seiner Frömmigkeit, dem Fragen, auf dem Weg.

Heidegger knüpft bei diesem Fragen gern an Hölderlins Wort: „... dichterisch wohnet der Mensch auf dieser Erde" an. Was meint Hölderlin, wenn er das Wohnen des Menschen ein „dichterisches" nennt?

„Das Dichten ist die im strengsten Sinn des Wortes verstandene Maßnahme, durch die der Mensch erst das Maß für die Weite seines Wesens empfängt. Der Mensch west als der Sterbliche. So heißt er, weil er sterben kann. Sterben können heißt: den Tod als Tod vermögen. Nur der Mensch stirbt – und zwar fortwährend, solange er auf dieser Erde weilt, solange er wohnt. Sein Wohnen aber beruht im Dichterischen. Das Wesen des „Dichterischen" erblickt Hölderlin in der Maß-Nahme, durch die sich die Vermessung des Menschenwesens vollzieht."

Man ist mitunter versucht, Heidegger die Gefolgschaft zu versagen, wo er von Maßnahme oder Notstand spricht, wo er den Menschen versammelt oder ihn ins Äußerste der Entscheidung zwingt und das Vokabular auftaucht, mit dem ein Volk in den Ausnahmezustand versetzt und in den totalen Krieg geschickt wurde. Es handelt sich dabei jedoch weniger um das Fortbestehen brauner Ideologie, als um das Mitschwingen katastrophaler Ereignisse, denen sich Heidegger in seiner geschichtlichen Situation nicht entziehen konnte. Er war verstrickt und mitschuldig, aber bei einem Mann seines Formats wäre es zu billig gewesen, einfach den Stil zu wechseln und sich als „reiner" Philosoph in die Zukunft zu retten. Das dichterische Wohnen des Menschen könnte auch bedeuten, daß einmal mehr grundlegende gesellschaftliche Beziehungen verschleiert und politische Realitäten ästhetisiert würden. Doch Heidegger sind Begriffe wie Schöpfertum und Genialität, deren Anwendung sich schwer kontrollieren läßt, eigentlich fremd. So heroische Sprachgebärden auch mitunter auftauchen, geht es doch immer um einen eher stillen Bezug des Menschen zur Wahrheit. Eng damit verbunden ist Heideggers Auslegung des Begriffs Freiheit, mit dem nie Willkür oder bloße Unabhängigkeit gemeint sind, sondern wiederum der Bezug zur Wahrheit, die den Menschen gewähren läßt; der er gehört, indem er auf sie hört und für sie offen ist. Wahrheit ist freilich nie verfügbar und in ihrem Bestand sichergestellt. So bricht auch im Zusammenhang mit Hölderlins Wort gleich die Frage auf: „Wie kann, was seinem Wesen nach unbekannt bleibt, je zum Maß werden?"

Diese erregende Frage rief seit jeher die Ideologiekritik auf den Plan, die sich auf Heidegger stürzte, wenn er sich weigerte, das Verborgene aus seiner Verborgenheit zu reißen und davon sprach, das Verborgene in seinem Sichverbergen zu hüten: „Der Dichter ruft in den vertrauten Erscheinungen das Fremde als jenes, worein das Unsichtbare sich schicket, um das zu bleiben, was es ist: unbekannt."

Heidegger sucht im dichterischen Wohnen den Gegenzug gegen die Art und Weise zu tun, in der sich der Mensch tatsächlich – herausgefordert zum technischen Bestellen des Wirklichen – auf der Erde eingerichtet hat. Das Dichten soll als das Grundvermögen des menschlichen Wohnens ernst genommen werden. Dichtung hat hier offenkundig nichts mehr mit Literatur zu tun, aber die Frage bleibt offen, ob sie sich auch behaupten kann.

Heidegger hält sich hier in der Nachbarschaft von Dichten und Denken auf. Als Denker würde er sich zu solcher Maß-Nahme nicht versteigen, aber er verweist darauf, daß jene Wahrheit, der sein An-Denken gilt, die Dichtung speist, sofern sie diesen Namen verdient. Dem folgt bei Heidegger prompt die Rede vom „eigentlichen Dichten": „Wann und wie lange ist das eigentliche Dichten?" Hier erfolgt die Selektion unter den Dichtern, die Robert Minder geißelt, wenn er schreibt, daß Dichter mit dem gelben Stern der Seinsentfremdung behaftet werden. Eigentliches Dichten ereignet sich für Heidegger nur, wenn der Mensch aus dem Wesen des Dichterischen dichtet.

„Ereignet sich das Dichterische, dann wohnet der Mensch menschlich auf dieser Erde, dann ist, wie Hölderlin sagt, in seinem letzten Gedicht sagt, ‚das Leben des Menschen' ein ‚wohnend Leben'."

Festzuhalten ist, daß Heidegger unter Wohnen die Weise versteht, wie die Sterblichen auf der Erde sind. Der Tod spielt also ausdrücklich herein, der seit jeher alles Bestellen und Sichern von Beständen in Frage stellt. Ihm gegenüber ist auf die Dauer kein Anspruch aufrechtzuerhalten und doch ist er es, der jegliches Wohnen gründet, dem die Sterblichen ihre Verfassung abringen und dem sie die Frömmigkeit des Denkens zu verdanken haben.

Immer noch bleibt ungeklärt, was von Heidegger nun zu halten sei, ob er Vertrauen verdient oder ob der Ballast besser mit einem Ruck über Bord zu werfen ist? Im Bereich unserer stichprobenartigen Erkundungen sind wir immer auf Unverfügbares gestoßen, auf Eigentliches, das unseren geläufigen Denkweisen nicht zugänglich und somit nicht erfolgsträchtig ist. Die Frage nach der Behauptung der Dichtung gegenüber der Literatur wurde im Bereich der Frage nach der Technik verfolgt, wobei am Ende jeweils der Hinweis auf die Frage als der Frömmigkeit des Denkens stand. Dies ist zugleich der Hinweis, daß unsere Frage – sofern überhaupt – nicht im Bereich des Dichterischen oder des Literarischen zu beantworten ist. Wo Heidegger als Lehrer auftritt, ist zu spüren, daß er sich im Denken gleichsam heimisch fühlt. Seine Denkschritte erfolgen mit der Gelassenheit, welche die Vertrautheit mit der Tradition des Denkens verleiht. Tradition ist bei Heidegger im Bereich des Philosophischen, von dem bisher nicht ausdrücklich die Rede war, lebendig. Ohne Zweifel hat er auch im Bereich der philosophischen Tradition eine bestimmte Kontinuität hergestellt, an der er in charakteristischer Weise festhält. Andererseits ist freilich nicht zu übersehen, daß er dieses Kontinuum immer wieder aufsprengt und geschichtliche Ereignisse, Ereignisse, die das Denken betrafen, herauslöst, die für ihn Gegenwart, die nicht in bloßer Aktualität aufgeht, besitzen.

„Die abendländische Metaphysik, das heißt, die Besinnung auf das Seiende als solches im Ganzen, bestimmt das Seiende im vorhinein und für die ganze Geschichte als jenes, was in den Hinsichten der Vernunft und des Denkens faßbar und umgrenzbar wird. Sofern alles gewöhnliche Denken je in einer Gestalt der Metaphysik gründet, beruhen das alltägliche und das metaphysische Denken auf dem ‚Vertrauen' zu diesem Verhältnis, darauf, daß sich im Denken der Vernunft und ihren Kategorien das Seiende als solches zeige, das heißt, daß das Wahre und die Wahrheit in der Vernunft erfaßt und gesichert werden. Die abendländische Metaphysik gründet auf diesem Vorrang der Vernunft."

Wir stoßen in diesem Zitat aus einem 1939 entstandenen, in Heideggers Buch über Nietzsche abgedruckten Text auf einen wesentlichen Titel: Die abendländische Metaphysik. Wir erfahren, daß es mit Geschichte und Geschick der abendländischen Metaphysik zusammenhängt, daß das Wahre und die Wahrheit gegenwärtig durch die Vernunft und nur durch die Vernunft erfaßt und gesichert werden. Bedeutet dies nun, daß Heideggers Denken ein Rückfall in einen längst überwundenen Irrationalismus ist? Oder führt Heidegger den Nachweis, daß die allseitige Herrschaft der Vernunft, die sich in der Herrschaft der Technik in einer besonderen, geschichtlichen Weise verfestigt und gesichert hat, ein Ereignis ist, das seiner Vollendung entgegengeht, seinsgeschichtlich bedingt und in seinem Charakter bloß zeitlich ist?

Heidegger verfolgte in der Tradition des philosophischen Denkens den Weg der Metaphysik von Platon über Aristoteles, Kant und Hegel zu Nietzsche, den er als Denker der Vollendung der Metaphysik bezeichnet. Diese Vollendung geschieht, indem Nietzsche das Sein als den Willen zur Macht denkt: „Die Metaphysik denkt das Seiende im Ganzen nach seinem Vorrang vor dem Sein. Alles abendländische Denken seit den Griechen bis zu Nietzsche ist metaphysisches Denken. Jedes Zeitalter der abendländischen Geschichte gründet in der jeweiligen Metaphysik. Nietzsche denkt die Vollendung der Neuzeit voraus. Sein Gedanken-Gang zum Willen zur Macht ist die Vorwegnahme derjenigen Metaphysik, von der die sich vollendende Neuzeit *in* ihrer Vollendung getragen wird."

Heidegger offeriert damit keine beweisbaren Sentenzen und kein geläufiges Wissensgut, geht es seinem Denken doch stets darum, das Beweisbare in seine Grenzen einzuweisen und jenem Umfassenderen den Spielraum zu eröffnen, dem wir unter anderem auch das Beweisbare und die Herrschaft der Vernunft und des Vernünftigen zu danken haben. Ohne Zweifel steht Heidegger hier an einer gefährlichen Grenze, wo dem Denken der Vorrang des Seins vor dem Seienden zu einem Anliegen geworden ist, wobei das Sein nicht neuerlich als Seiendes bestimmt und als Gegenstand fixiert werden, sondern von sich aus Maß und Menschlichkeit zumal des Wohnens der Sterblichen auf dieser Erde gewähren soll.

In diesem Brennpunkt des Denkens, dieser Grenzscheide, an der die Vernunft fragwürdig geworden ist, steht die Sprache und mit der Sprache die Dichtung. Unsere Untersuchung richtete sich auf die Dichtung in ihrer Behauptung gegenüber der Literatur. Mit dem Wort ‚Behauptung' könnte gemeint sein, daß jemand auf Dichtung mehr Wert legt als auf Literatur und diese Bewertung entsprechend begründet: „Wertsetzung ist der Grundvorgang des Lebens selbst, die Weise, wie es sein Wesen austrägt und erfüllt."

Heidegger verwendet in seinem Nietzsche-Buch den Titel „Der äußerste Wandel der metaphysisch begriffenen Wahrheit". Für uns enthält dieser Titel den Hinweis, daß Wahrheit, die im Wesen Wertschätzung ist, eng mit dem Leben zusammenhängt, das Werte setzt, um seinen Bestand zu sichern: „Die Art und Weise, wie das Wesen des Seienden ausgelegt wird, nämlich als Beständigkeit, entspringt aus der Art und Weise, wie das menschliche Leben sich selbst in seinem Eigentlichen nimmt: als Bestandsicherung seiner selbst."

Im Sinne Heideggers wäre es ungenügend, zwischen Dichtung und Literatur aufgrund einer Wertschätzung zu unterscheiden. Mit Nietzsche ist die abendländische Metaphysik dahin gelangt, das Seiende im Ganzen als Leben zu denken, wodurch Wahrheit und Wahrheitserfassung vom Leben her getrieben und gelenkt sind, Wahrheit also in ihrem Wesen als Wertschätzung erscheint. Dichtung tritt uns gegenwärtig nur in Form von Literatur gegenüber, da sie aufgrund der herrschenden Erkenntnisweisen, die von der abendländischen Metaphysik her bestimmt sind, als Gegenstand festgestellt, in ihrem Bestand gesichert und in ihrer Verbreitung gefördert wird. Die handliche, gängige Form der

Literatur hat zur Voraussetzung, daß Wert auf die Verbreitung des geschriebenen und gedruckten Wortes gelegt wurde. Dieses Wert-Legen entspricht der Wesensverfassung des Lebens, als dessen Grundzug – auch er hat seinen Ursprung in der abendländischen Metaphysik – Nietzsche den Willen zur Macht erkannte.

Uns geht es nun nicht darum, hier zwischen Beweisbarem und Unbeweisbarem zu unterscheiden, sondern Heidegger in seiner Auslegung zu folgen, die Dichtung nicht als Gegenstand oder Begriff wertend festlegen will, sondern die sich denkend vom Wahren der Dichtung ergreifen läßt. Dieser Denkweg ist nicht willkürlich gewählt, sondern empfängt seine Begründung aus dem Gespräch mit der philosophischen Tradition. Dichtung wurde nun nicht als Erzeugnis oder Produkt nach rein menschlichem Ermessen und menschlicher Willkür verstanden, sondern als Her-vor-bringen in einem ursprünglichen, auf die Wahrheit des Her-vor-gebrachten Bedacht nehmenden Sinn. Wahrheit ist hier nicht als Richtigkeit eines Vorgestellten oder als Wertschätzung zu verstehen, sondern wird als Ereignis der Unverborgenheit gedacht.

Worauf es Heidegger hier ankommt, läßt sich verdeutlichen, indem sich unsere Aufmerksamkeit auf die Sprache richtet, der sowohl die Dichtung, als auch die Vernunft der Sterblichen ihre jeweilige Wesensverfassung zu danken haben. Im besonderen geht es nun nicht darum, einen Begriff von Sprache verfügbar zu machen, sondern zu bedenken, inwiefern Sprache für die herrschenden Erkenntnisweisen überhaupt verfügbar ist. Auch die Sprache soll dienstbar gemacht, als Sprachbestand gestellt und in ihrer Funktion gesichert werden. Wo die Richtigkeit des Vorstellens überprüft werden soll, muß die Richtigkeit der Aussage gewährleistet sein. Der Mensch will die Sprache verfügbar machen, weil er Wert auf das logisch einwandfreie Funktionieren der Sprache legt. In Heideggers Vortrag „Der Weg zur Sprache" aus dem Jahr 1959 lesen wir jedoch folgendes: „Man kennt das Sprechen als die gegliederte Verlautbarung des Gedankens mittels der Sprechwerkzeuge. Allein Sprechen ist zugleich Hören. Nach der Gewohnheit werden Sprechen und Hören einander entgegengesetzt: Der eine spricht, der andere hört. Aber das Hören begleitet und umgibt nicht nur das Sprechen, wie solches im Gespräch stattfindet. Das Zugleich von Sprechen und Hören meint mehr. Das Sprechen ist von sich aus ein Hören. Es ist das Hören auf die Sprache, die wir sprechen."

Um mit dem Gedanken des Hörens auf die Sprache und des Sprechens, das zugleich Hören ist, vertraut zu werden, erinnern wir uns zunächst an einen bereits zitierten Passus aus Heideggers „Nietzsche"-Buch, wo vom Vertrauen zur Vernunft die Rede war. Genauer vom Vertrauen, „daß sich im Denken der Vernunft und ihren Kategorien das Seiende als solches zeige, das heißt, daß das Wahre und die Wahrheit in der Vernunft erfaßt und gesichert werden." Vertrauen in die Vernunft bedeutet bei Nietzsche, daß das vernünftige Denken sich als nützlich erwiesen hat, daß ein solches Denken dem Leben dient: „ Was heißt hier dann „Nützlichkeit"? Dieses, daß die wissenschaftliche Erkenntnis und das Denken der Vernunft etwas, nämlich die Natur, in einem Sinne als *seiend* setzen und gesetzt haben, der zum voraus die neuzeitliche technische Bewältigung *sicherstellt.*"

Demgegenüber vermag sich ein Denken kaum zu behaupten, das auf Nützlichkeit in diesem umfassenden Sinn ausdrücklich Verzicht leistet. Ein solches Denken hat ein begrenztes Vertrauen zur Vernunft, die ihm aufgrund ihrer metaphysischen Wesensbestimmung als fragwürdig erscheint, und ein schrankenloses Vertrauen zur Sprache. Johann Georg Hamann hat in seiner 1784 verfaßten „Metakritik" davon gesprochen, daß einzig Überlieferung und Gebrauch der Sprache Glaubwürdigkeit verleihen. Er nannte die Sprache dabei „das einzige erste und letzte Organon und Kriterion der Vernunft". Das Vertrauen in die Sprache ist also das Ursprüngliche, in dem ein Vertrauen in die Vernunft gründet.

Nun ist aber das vernünftige Denken in der Gegenwart dahin gelangt, daß es die Sprache formalisiert und ihm die rechnerische Bestellbarkeit des Sagens Ziel und Maßgabe wird. Die Vernunft, die in der Sprache gründet, sucht dabei außerhalb der Sprache Fuß zu fassen, um sie ihrem willensmäßig bestimmten Zugriff zu unterwerfen. Nun hat sich aber herausgestellt, daß die Sprache nur dort diesem Zugriff verfällt, wo das Sprechen zur Information wird. Als Zeitgenosse Heideggers ist Ludwig Wittgenstein den Weg gegangen, der ihn von der logisch strikten Begrenzung des Anwendungsbereichs von Sprache zur Erkenntnis führte, daß sich bestenfalls etwas Licht in die Verhältnisse der Sprache bringen lasse. Wittgenstein hatte erkannt, daß philosophische Probleme dort entstehen, wo die Sprache feiert.

Um die Probleme zu beseitigen, genügt es, Überlieferung und Gebrauch in ihre Rechte zu setzen und der gesprochenen Sprache wieder ihre natürliche Lebendigkeit zu verleihen.
Dem Willen sind somit innerhalb und von der Sprache her Grenzen gesetzt und es begegnet uns in ihr in der Tat Unverfügbares. Diesem Unverfügbaren verdankt auch die Dichtung ihr Entstehen: „Um dem Sprachwesen nachzudenken, ihm das Seine nachzusagen, braucht es einen Wandel der Sprache, den wir weder erzwingen noch erfinden können."

Mit Resultaten ist hier nicht zu rechnen. Schon Johann Georg Hamann hat dies gewußt: Je länger man über die Sprache nachdenkt, „desto tiefer und inniger man verstummt und alle Lust zu reden verliert." So bleibt auch die Behauptung der Dichtung gegenüber der Literatur fragwürdig und dem Nachdenken aufgegeben. Heidegger spricht immer wieder von der Nachbarschaft – bei aller Wesensverschiedenheit – von Dichten und Denken, die sich in ihrer Eigenart der Lichtung der Seinsvergessenheit erschließen und dem Ereignis öffnen: „Das Ereignis ist der in sich schwingende Bereich, durch den Mensch und Sein einander in ihrem Wesen erreichen, ihr Wesendes gewinnen, indem sie jene Bestimmungen verlieren, die ihnen die Metaphysik geliehen hat. Das Ereignis als Er-eignis denken, heißt am Bau dieses in sich schwingenden Bereiches zu bauen. Das Bauzeug zu diesem in sich schwebenden Bau empfängt das Denken aus der Sprache."

Es wäre freilich falsch, zu leugnen, daß von Heidegger der Vorrang der Dichtung gegenüber der Literatur in der Tat behauptet wird. Man entnimmt dies allein der Steigerungsform, wenn vom Sagen als der ursprünglichen Weise des menschlichen Hervorbringens die Rede ist und das dichterische Sagen 'zeigender' als das gewöhnliche Sagen genannt wird, „zeigender, das heißt her-vor-bringender nicht nur dem Grade, sondern dem Wesen nach." Aber Heidegger versagt sich die endgültige, die Dichtung aller Frage entrückende Behauptung ihres Vorranges, läßt er sich doch angelegen sein, im Umkreis der Dichtung zu denken. Nicht um Feststellungen über sie zu treffen, sondern um denkend auf dem Weg zu bleiben.

Ludwig von Ficker hat Heidegger den Antipoden Wittgensteins genannt, den deutlich anders Geprüften „in seinem beharrlich revidierenden Existenzdenken von all dem tieferhin vor ihm und seiner eigenen Ausgesetztheit bis hin zur Seinsgrundfrage phänomenal in Frage Stehenden her: Antipoden beide, aber angezogen und angenähert noch in ihrer äußersten Divergenz von jenem Machtmagneten heimlich zentrierender Offenbarung im Wort, von dem keine Gegenanstrengung im konstanten Fluchtlinienraum der Welt und deren einsehbaren Ordnungen mehr loskommen wird." An Ficker hatte Heidegger auch von der gedanklichen und sprachlichen Rat- und Mittellosigkeit, der Dichtung Trakl zu entsprechen, geschrieben und die Sätze angefügt: „So möchte ich weder Früheres wiederholen, noch ganz Unzureichendes sagen. Aber ich muß auch zugleich auf meinem Weg bleiben, der mit dem Alter zwar einfacher, aber gerade dadurch umso schwieriger wird angesichts der unheimlichen Weltveränderung, der der Mensch ausgesetzt ist."

Der Ausnahmezustand als Regel
(Über den Marxisten Walter Benjamin)

„Daß mein Kommunismus von allen möglichen Formen und Ausdrucksweisen am wenigsten die eines Credos sich zu eigen macht, daß er – um den Preis seiner Orthodoxie – nichts, aber gar nichts ist, als der Ausdruck gewisser Erfahrungen, die ich in meinem Denken und in meiner Existenz gemacht habe. Daß er ein drastischer, nicht unfruchtbarer Ausdruck der Unmöglichkeit des gegenwärtigen Wissenschaftsbetriebes ist, meinem Denken, der gegenwärtigen Wirtschaftsform, meiner Existenz einen Raum zu bieten, daß er für den der Produktionsmittel ganz oder fast Beraubten den naheliegenden, vernünftigen Versuch darstellt, in seinem Denken wie in seinem Leben das Recht auf diese zu proklamieren – daß er dies alles und vieles mehr, in jedem aber nichts anderes ist als das kleinere Übel ist – habe ich nötig Dir das zu sagen?"

Was Walter Benjamin in einem Brief vom 6. Mai 1934 an Gerhard Scholem schrieb, bedarf eines Kommentars. Auf den ersten Blick fällt auf, daß diese Zeilen auch heute – etwa in Prag – geschrieben werden könnten. Benjamin war es nicht gelungen, sich mit seiner bahnbrechenden Arbeit über den „Ursprung des deutschen Trauerspiels" an einer Universität zu habilitieren. Er mußte außerhalb des etablierten Wissenschaftsbetriebs sein Auskommen suchen und schließlich ohnmächtig dem Entzug der ihm verbliebenen Produktionsmittel durch den aufkommenden Faschismus zusehen. Festzuhalten ist, daß es sich um den Ausdruck von gewissen Erfahrungen handelte, der Benjamins Kommunismus ausmachte. Seine Abneigung, Parteibindungen einzugehen und eine zentrale Organisation zu respektieren, welche den Verlauf der revolutionären Ereignisse vorausplant, war später für Studentenführer vom Schlage Dutschkes oder Cohn-Bendits eine pure Selbstverständlichkeit. Dies bedeutete jedoch nicht, daß sie vor politischen Entscheidungen zurückscheuten , wie dies Ernst Fischer Walter Benjamin anzukreiden versuchte. Dieser habe bloß von einer verbotenen Frucht gekostet, „ohne fürchten zu müssen, daß die Bürgerwelt ihn darum zur Verantwortung zieht."

Benjamin war der Sohn eines Bankmannes, der später Kunsthändler und Antiquar wurde. Er hatte nicht das Naturell eines Barrikadenkämpfers, doch sah er sich als Schriftsteller schrittweise in die Situation des Proletariers gedrängt, dessen Charakteristikum es – laut Marx – ist, daß er nichts von dem Seinigen zu sichern hat. Er war bald nur mehr Eigentümer der bloßen Arbeitskraft, und es wurde zu seiner erklärten Absicht, Einfluß auf die Produktionsmittel zu nehmen, die für ihn als Schriftsteller von Belang waren.

Benjamin suchte seinen Platz nicht neben dem Proletariat, sondern verhielt sich schreibend in einer Weise, welche die Produktionsapparate der herrschenden Klasse – Zeitungen, Rundfunk und Verlage – zwingen sollte, seine Schriften nur um den Preis der Veränderung, des Abdankens und der Liquidierung ihrer Machtansprüche zu akzeptieren. Daß der bürgerliche Literaturbetrieb Benjamins Schriften heute fast mühelos assimiliert hat, entspricht keineswegs der Haltung des Autors. Seine Schriften eröffnen uns gerade durch die eigentümliche Form, in der sie überliefert sind, den Zugang zum Verständnis eines jahrelang verschütteten revolutionären Schrifttums. Benjamin hatte marxistische Gedankengänge von Bertolt Brecht und Karl Korsch in origineller Weise weiterentwickelt, sich an den Essays über „Geschichte und Klassenbewußtsein" von Georg Lukács oder den Schriften Rosa Luxemburgs entzündet. Und nicht von ungefähr erstreckt sich die Virulenz dieser Schriften heute gleicherweise auf Ost und West. Benjamin blieb jedoch bei alldem janusköpfig, hielt auch etwas auf seine von Sowjetrußland abgewendete Seite und ist nie eindeutig auf den dialektischen Materialismus festzulegen. Dies hat zum Teil seinen Grund in der Beschäftigung mit jüdischen Fragen – etwa in Franz Rosenzweigs Buch „Der Stern der Erlösung" –, die bewirkte, daß man inmitten von Benjamins dialektischen Gedankengängen immer wieder auf Äußerungen stößt, die auf sein Verständnis der messianischen Idee im Judentum zurückgehen.

Scholem schrieb vom jüdischen Messianismus, daß er in seinem Ursprung und Wesen eine Katastrophentheorie sei. „Diese Theorie betont das revolutionäre, umstürzlerische Element im Übergang von jeder historischen Gegenwart zur messianischen Zukunft." Dem entspricht Benjamins Begriff der „Jetzt-Zeit", der die Konsequenz beinhaltet, daß nicht schrittweise Evolution den Zugang zur Zukunft eröffnet, sondern der hier und jetzt vollzogene revolutionäre Akt. Wer sich um diesen im entscheidenden geschichtlichen Augenblick herumdrückt, büßt die verheißene Zukunft unwiederbringlich ein und bleibt zu unfruchtbarem Dahinvegetieren und hoffnungslosem Verfall verurteilt.

„Auf den Begriff einer Gegenwart, die nicht Übergang ist, sondern in der Zeit einsteht und zum Stillstand gekommen ist, kann der historische Materialist nicht verzichten." Zu diesem Zitat aus Benjamins „Geschichtsphilosophischen Thesen" liefert Rosenzweig in seinen drei Sendschreiben „Zur jüdischen Erziehung", die 1937 im Schocken-Verlag erschienen sind, eine aufschlußreiche Ergänzung. Ihm ging es um das Unbegrenzte, das sich nicht organisieren läßt, sondern im Augenblick, hier und jetzt, ergriffen werden will. Er schreibt: „Vertrauen ist das Wort der Bereitschaft, der Bereitschaft, die nicht nach Rezepten fragt. Vertrauen erschrickt nicht vor übermorgen. Es lebt im Heute, es geht mit sorglosem Fuße über die Schwelle, die aus dem Heute ins Morgen führt. Vertrauen weiß nur vom Nächsten. Und gerade deshalb gehört ihm das Ganze."

Das Vertrauen, das Rosenzweig hier vom jüdischen Menschen fordert, bedeutet auf religiösem Gebiet nichts anderes als die Einheit von Theorie und Praxis, die für den Marxisten Benjamin die Grundbedingung des revolutionären Handelns ist. Dies hatte er bei Georg Lukács gelernt, der schrieb, daß das Proletariat im Zeitalter des Kapitalismus in den Brennpunkt des Geschehens gedrängt worden ist. An der Basis des allverknüpfenden Produktionszusammenhanges war es ihm möglich, die gesellschaftliche Totalität zu erkennen und sich selbst als Klasse zu begreifen. Theorie und Praxis waren dabei jedoch untrennbar miteinander verbunden und der Marxismus war noch nicht zur

Heilslehre denaturiert, deren Richtlinien von einer Partei ausgearbeitet und von ihren Mitgliedern in die Praxis umgesetzt werden sollten.

Benjamin hatte 1931 eine Zeitschrift zu begründen versucht, in der Absicht, der bürgerlichen Intelligenz zu zeigen, daß die Methoden des dialektischen Materialismus ihr durch ihre eigensten Notwendigkeiten – Notwendigkeiten der geistigen Produktion und der Forschung, im weiteren auch Notwendigkeiten der Existenz – diktiert seien. In einem Brief an Brecht berichtet er vom Scheitern dieses Planes. Der Widerstand im Freundeskreis ließ nicht auf sich warten. Scholem schrieb an Benjamin, daß er in seinem Schrifttum in immer steigendem Maß einen materialistischen Wechsel ausstelle, den einzulösen er schlechterdings unfähig sei. Er konstatierte eine Fremdheit und Beziehungslosigkeit zwischen Benjamins wirklichem und seinem vorgegebenen Denkverfahren, nämlich der materialistischen Methode, und schrieb schließlich: „Dich gefährdet das Verlangen nach Gemeinschaft, und sei es selbst der apokalyptischen der Revolution, mehr als das Grauen der Einsamkeit, das aus so manchen deiner Schriften spricht, und auf das ich freilich einen höheren Einsatz zu machen bereit bin als auf die Metaphorik, mit der du dich um deine Berufung betrügst."

Im übrigen, wenn Scholem Benjamin empfahl, in die KPD einzutreten, – wobei er klar voraussah, was dort mit seinen Schriften geschehen würde, – so traf er sich mit der Kritik aus dem anderen Lager, die später Ernst Fischer artikuliert hat. Dieser spricht in ähnlicher Weise wie Scholem von Benjamins Einsamkeit und seiner Melancholie, deren der

Marxismus nicht Herr geworden sei. Im Hintergrund steht freilich ein Problem, das Benjamin in seinem Aufsatz „Der Autor als Produzent" angeschnitten und auch in den Svendborger Gesprächen mit Brecht diskutiert hat. Brecht sagte damals: „Mich haben sie auch proletarisiert. Sie haben mir nicht nur mein Haus, meinen Fischteich und meinen Wagen abgenommen, sie haben mir meine Bühne und mein Publikum auch geraubt." In einer solchen Situation, in der sich nach 1933 auch der emigrierte Walter Benjamin befand, konnte ein großbürgerlicher Schriftsteller durchaus die Legitimation seiner Solidarität mit den Interessen des Proletariats beanspruchen. Scholem meinte allerdings hierzu: „Solange du für Bürger über Bürger schreibst, kann es dem *echten* Materialisten ganz gleich sein, ob du dich der Illusion hinzugeben wünschst, mit ihm einig zu sein."

Benjamin antwortete zögernd und verschlüsselt, wenngleich er entschlossen blieb, seine Sache zu tun: „Wenn man schon „gegenrevolutionäre' Schriften verfaßt – wie du die meinen vom Parteistandpunkt aus ganz richtig qualifizierst – soll man sie der Gegenrevolution auch noch ausdrücklich zur Verfügung stellen? Soll man sie nicht vielmehr denaturieren, wie Spiritus, sie – auf die Gefahr hin, daß sie ungenießbar für jeden werden – bestimmt und zuverlässig ungenießbar für jene machen?" Hier sprach Benjamin nochmals aus, daß er nicht beabsichtigte, für den bürgerlichen Literaturbetrieb, der 1931 schon überdeutlich in eine Krise geraten war, zu schreiben. Daß seine Produktion vielmehr eindeutig darauf abzielte, den Produktionsapparat grundlegend zu verändern. Und hier waren Theorie und Praxis vereint: Seine theoretische Untersuchung über das „Kunstwerk im Zeitalter seiner technischen Reproduzierbarkeit", die in die Kunsttheorie neue Begriffe einführte, die sich von den geläufigen vor allem dadurch unterschieden, „daß sie für die Zwecke des Faschismus völlig unbrauchbar sind", setzte dabei einen revolutionären Akt.

Wie aber war einem totalen Schreibe- und Publikationsverbot zu begegnen, wie es Benjamin in Deutschland auferlegt wurde. Er schrieb hierzu: „Die Tradition der Unterdrückten belehrt uns darüber, daß der ‚Ausnahmezustand', in dem wir leben, die Regel ist. Wir müssen zu einem Begriff der Geschichte kommen, der dem entspricht. Dann wird uns als unsere Aufgabe die Herbeiführung des *wirklichen* Ausnahmezustands vor Augen stehen; und damit wird unsere Position im Kampf gegen den Faschismus sich verbessern."

Diese Position des Denkers Walter Benjamin muß auch heute, zumal angesichts der Lage der Schriftsteller in der CSSR, genau durchdacht werden. Seine Briefe wurden nicht erst in der äußersten Isolierung knapp vor seinem Tode zu Zeugnissen eines Lebens im Ausnahmezustand, als er im Sommer 1940 aus Lourdes an Adorno schrieb: „Die völlige Ungewißheit über das, was der nächste Tag, was die nächste Stunde bringt, beherrscht seit vielen Wochen meine Existenz. Ich bin verurteilt, jede Zeitung (sie erscheinen hier nur noch auf einem Blatt) wie eine an mich ergangene Zustellung zu lesen und aus jeder Radiosendung die Stimme des Unglücksboten herauszuhören."

Die Begründung des Lebens im Ausnahmezustand bedeutet Revolution. Benjamin versuchte nicht, sich zu arrangieren und die Ankunft besserer Zeiten, die Aufhebung des Ausnahmezustands von außen her, abzuwarten. Selber der Unterdrückung ausgeliefert und verarmt, strebte er danach, diesen Zustand bewußt auf sich zu nehmen, der ihm Solidarität mit den Unterdrückten aller Zeiten verhieß und der ihm in gewisser Weise längst vertraut war. Im Ausnahmezustand kann ein Volk in Marsch gesetzt, kann der totale Krieg verkündet werden. Voraussetzung dafür ist, wie Marx und nach ihm Lukács lehren, daß unter solchen Umständen „ein Verhältnis, eine Beziehung zwischen Personen den Charakter einer Dinghaftigkeit" enthält. Wer sich dessen als Tatsache bewußt ist, findet sich als Vereinzelter wieder. Sprache ist für ein in ein starres Gerüst menschlicher Beziehungen eingeschlossenes Wesen nichts weiter als ein Werkzeug, über dessen Sinn und Gebrauch es sich nicht schlüssig wird.

Sollen nun Unterdrückte, soll das Proletariat mündig werden und zur Sprache finden, so muß dies, laut Benjamin, blitzartig vor sich gehen.Nur eine Katastrophe kann die dinghaft gewordenen menschlichen Beziehungen zerstören und verändern. Indem die Dinghaftigkeit selbst als Katastrophe, als Ausnahmezustand erkannt wird, ist ihre schlagartige Überwindung möglich. „Der Begriff des Fortschritts ist in der Idee der Katastrophe zu fundieren. Daß es ‚so weiter' geht, ist die Katastrophe. Sie ist nicht das jeweils Bevorstehende, sondern das jeweils Gegebene. Strindbergs Gedanke: Die Hölle ist nichts, was uns bevorstünde – sondern dieses Leben hier." Hier wurzelt Benjamins vehemente Kritik am Fortschrittsbegriff der Sozialdemokratie und seinem dogmatischen Anspruch: „Die Vorstellung eines Fortschritts des Menschengeschlechts in der Geschichte ist von der Vorstellung ihres eine homogene und leere Zeit durchlaufenden Fortgangs nicht abzulösen. Die Kritik an der Vorstellung dieses Fortgangs muß die Grundlage der Kritik an der Vorstellung des Fortschritts überhaupt bilden."

Aber wenn Benjamin das Proletariat lehrt, „Vergangenes historisch zu artikulieren" und als „rächende Klasse" „im Namen von Generationen Geschlagener" einen neuen Kalender einzuführen in einer Zeit, die nicht „homogen und leer", sondern Gegenwart und von „Jetzt-Zeit" erfüllt ist, so meldet sich dahinter der messianische Gedanke. Splitter der messianischen Zeit sind in die Jetzt-Zeit eingesprengt und Benjamin spricht von den Juden, denen die Zukunft in jeder Sekunde die kleine Pforte war, durch die der Messias treten konnte.

Im Zusammenhang mit der Katastrophe des Fortschritts – der scheinbaren Unabänderlichkeit, daß es immer „so weiter" geht – steht die Einsamkeit, in der ein Abgrund den Menschen von seinesgleichen trennt. Auch Einsamkeit ist ein Ausnahmezustand, der als solcher erkannt und auf sich genommen werden will. Benjamin maßte sich nicht an, seine Einsamkeit allein für seine Person zu überwinden, sondern empfand wiederum Solidarität mit allen Einsamen, allen der Sprache und ihres rechten Gebrauchs Beraubten. Auch hier erhoffte er den revolutionären Akt, das messianische Ereignis, welches allen Einsamen die Zunge löst und die Abgründe zwischen den Menschen zuschüttet.

Auf den Proust-Übersetzer Walter Benjamin kann eine charakteristische Stelle aus dem Roman „Die Entflohene" des großen, mit Benjamin in vielem verwandten französischen Dichters Anwendung finden. Es heißt dort: „Dadurch, daß die Gegenwart eines Wesens die einzige Wirklichkeit – die, die man denkt – weiter von uns fortrückt, mildert sie unsere Leiden; die Abwesenheit belebt sie wieder, und mit ihnen die Liebe." Was unmittelbar erlebt wird, gewinnt nie die Festigkeit des Gedankens. Die Eindrücke bei der Begegnung mit einem Menschen, die unsere Sehnsucht stillt und unsere Leiden mildert, lassen sich im Augenblick nicht ordnen und erreichen nicht den Charakter einer Wirklichkeit, deren Besitz man sich versichern könnte. Benjamins Naturell war so geartet, daß er, wie schmerzlich es auch immer sein mochte, als einzige Wirklichkeit, „die, die man denkt", anerkannte. Aber gerade auch dies empfand er als Katastrophe, gegen die er sich auflehnte, da es nicht „so weiter" gehen dürfe. Aber der revolutionäre Akt lag hier noch weniger in seinem Ermessen und blieb dem Vertrauen auf die messianische Zeit anheimgestellt.

Der Spielraum des Denkenden ist freilich nicht restlos eingeschränkt, weiß er sich doch in die Geschichte hineingestellt, deren Verlauf er sich keineswegs geduldig unterwerfen muß. Vielmehr gilt es, das Kontinuum aufzusprengen, die gleichgültige Aufhäufung von Katastrophen – Weltlauf genannt – ein für allemal zu unterbrechen. Dies kann geschehen, indem der Mensch sich des wahren, des ihn betreffenden und ihm zugedachten Bildes der Vergangenheit, „das auf Nimmerwiedersehen im

Augenblick seiner Erkennbarkeit eben aufblitzt", bemächtigt und es festhält. Wird eine Epoche aus dem homogenen Verlauf der Geschichte herausgesprengt, leuchtet im Stillstand der Zeit der messianische Augenblick auf.

„Es ist die dialektische Konstruktion, die das in der geschichtlichen Erfahrung ursprünglich uns Betreffende gegen die zusammengestoppelten Befunde des Tatsächlichen abhebt." Benjamin vertraute darauf, daß im Augenblick äußerster Gefahr jene Erinnerungen aufblitzen würden, die es dem historischen Subjekt gestatten, „die Überlieferung von neuem dem Konformismus abzugewinnen." Fasziniert mag ihn an der dialektischen Konstruktion haben, daß der historische Befund in den Zusammenhang mit einer Totalität zu bringen war. Die Herrschaftsstellung der Kategorie der Totalität und die Begründung dafür, daß solche Totalität – laut Marx – allein im umfassenden Zusammenhang der Produktionsverhältnisse jeder Gesellschaft konkret wird, braucht in diesem Zusammenhang nicht näher erläutert zu werden. Benjamin ließ sich hier von Lukács leiten, ohne sich eine persönliche Auslegung zu versagen. Ihn beschäftigte der Stillstand der dialektischen Bewegung, ihre Erstarrung in jenem Augenblick, in dem das Bild der Vergangenheit „in seiner Erkennbarkeit eben aufblitzt."
Benjamin hat dem konstruktiven Moment im Schock, im plötzlichen schreckhaften Erstarren, ausführliche Untersuchungen gewidmet. Im Schock wird das Individuum eines destruktiven Aktes, einer Negierung seiner Gewohnheiten, inne und muß es erst lernen, auf ein solches Ereignis blitzartig zu reagieren. „Der Film ist die der gesteiger-

ten Lebensgefahr, der die Heutigen ins Auge zu sehen haben, entsprechende Kunstform. Das Bedürfnis, sich Schockwirkungen auszusetzen, ist eine Anpassung der Menschen an die sie bedrohenden Gefahren. Der Film entspricht tiefgreifenden Veränderungen des Apperzeptionsapparates – Veränderungen, wie sie im Maßstab der Privatexistenz jeder Passant im Großstadtverkehr, wie sie im geschichtlichen Maßstab jeder heutige Staatsbürger erlebt."

Der Schock, in dem sich ein schlagartiger Verfall herkömmlicher Sicherheiten, letztlich eine Konfrontation mit der Möglichkeit des Todes, vollzieht, will durch gesteigerte Geistesgegenwart aufgefangen sein. Wieder fasziniert Benjamin der Funke Hoffnung, der gerade im Einbruch der Katastrophe aufblitzt, ein konstruktives Moment im Stillstand der Dialektik, welches von einem destruktiven Charakter akzeptiert werden kann.

Ernst Fischer erschrak vor diesem Erstarren der Dialektik und wandte sich scharf gegen Benjamins Behauptung, daß die Zukunft von einem Punkt an nicht mehr das Reich der Möglichkeiten sei, sondern daß der Untergang zur unaufhaltsamen Gewißheit würde. Wie sehr Benjamin am Begriff der Konstruktion hing, die sich nicht in der zweckmäßigen Gliederung einer schriftstellerischen Arbeit erschöpfte, bezeugt die briefliche Diskussion mit Adorno über sein geplantes Hauptwerk, welches den Titel „Paris, die Hauptstadt des 19. Jahrhunderts" tragen sollte. Benjamin schrieb in diesem Zusammenhang: „Ich meine, daß die Spekulation ihren notwendig kühnen Flug nur dann mit einiger

Aussicht auf Gelingen antritt, wenn sie, statt die wächsernen Schwingen der Esoterik anzulegen, ihre Kraftquelle allein in der Konstruktion sucht."

„Der Schein der geschlossenen Faktizität, der an der philologischen Untersuchung haftet und den Forscher in den Bann schlägt, schwindet in dem Grade, in dem der Gegenstand in der historischen Perspektive konstruiert wird. Die Fluchtlinien dieser Konstruktion laufen in unserer eigenen historischen Erfahrung zusammen. Damit konstituiert sich der Gegenstand als Monade. In der Monade wird alles das lebendig, was als Textbefund in mythischer Starre lag."

Diese Briefstellen enthalten die ungeheuerliche Aufforderung zur Revolutionierung des Wissenschaftsbetriebes an den Universitäten. Forschung und Lehre sollten sich demnach auf der Grundlage der jeweils eigenen historischen Erfahrung und Verantwortlichkeit vollziehen. Wissenschaft wäre nicht mehr nüchtern und voraussetzungslos zu betreiben, sondern unter dem Blickwinkel des in tödlicher Gefahr befindlichen, von einem furchtbareren Ende als dem raschen Tod bedrohten und dem Ausnahmezustand in Permanenz ausgesetzten Menschen. Höchste Geistesgegenwart würde solche Wissenschaft beseelen, die auf den Schock reagiert, in einer Welt erwacht zu sein, die von der ewigen Wiederkehr des Gleichen, einem nutzlosen, tödlichen Fortschritt bedroht ist.

Diese revolutionäre Intention ist jener vergleichbar, die den Autor als Produzenten betraf und von ihm eine Änderung der Technik forderte, die sein Geschriebenes ohne Minderung seines Wahrheitsgehalts und seiner literarischen Qualität ungenießbar für die herrschende Klasse und ihren Literaturbetrieb machen sollte. Fast will es scheinen, als hätte Benjamin die Situation der Sechzigerjahre vorhergesehen, wo die Intellektuellen sich den Massenmedien mit Erfolg assimilierten; mit dem Ergebnis jedoch, daß einerseits wohl von der großen Stunde der deutschen Publizistik die Rede ist, andererseits aber mancher Beobachter von dem Gefühl bedrückt wird, besser informiert als regiert zu werden.

Die Augangsposition des revolutionäre Aktivität entfaltenden Intellektuellen, der damit in ein Reservat der Arbeiterklasse eindrang, wurde um 1950 von Karl Korsch theoretisch verbessert. Korsch, der im ersten Weltkrieg als Frontoffizier wegen kritischer Äußerungen degradiert wurde, es aber schließlich, obgleich er nie eine Waffe trug, zum Kompanieführer brachte, trat 1919 in die KPD ein, aus der er 1926 ausgeschlossen wurde. Er hielt in Berlin Vorlesungen über Marxismus, die von Brecht und Döblin besucht wurden und arbeitete in der Emigration in Dänemark eng mit Brecht zusammen. In seinen Züricher „Thesen über Marxismus" war nun vom „planmäßigen Eingreifen *aller* heute ausgeschlossenen Klassen in die heute tendenziell schon allenthalben monopolistisch und planmäßig regulierte Produktion" die Rede.

Die Aktionsformen der im Monopolkapitalismus unterprivilegierten Schichten werden selbstverständlich neu sein und sich von den Aktionsformen der traditionellen Arbeiterbewegung unterscheiden. Bei Korsch heißt es auch, der erste Schritt zum Wiederaufbau der revolutionären Bewegung müsse darin bestehen, den monopolistischen

Anspruch des Marxismus auf die theoretische und praktische Führung zu brechen. All diese Äußerungen des späten Korsch sind insofern von Belang als hier ein Denker, der Benjamin stark beeinflußte, Gelegenheit hatte, die Entwicklung nach dem zweiten Weltkrieg kennenzulernen und bestimmte Gedankengänge unter veränderten äußeren Verhältnissen weiterzuverfolgen. Von gesunder Destruktivität war Korschs Verfahren der Anwendung der materialistischen Geschichtsauffassung auch auf die materialistische Geschichtsauffassung selbst. Ihm war darum zu tun, die Schranken niederzureißen, die der Marxismus selbst in seinen ideologischen Erstarrungen errichtete und aller lebendigen revolutionären Praxis in den Weg gestellt hat. Dieser Mann hatte auch den Mut, die russische Entwicklung frühzeitig als einen Teil der internationalen Konterrevolution zu brandmarken.

Auch Benjamins Kritik des Schöpferischen fand ihre Anregung bei Karl Korsch. Dieser war der Ansicht, das Proletariat dürfe sich nicht auf die ökonomische und die politische Aktion beschränken, sondern müsse gleichzeitig die bürgerlichen Bewußtseinsformen bekämpfen. Das bürgerliche Bewußtsein sei auch philosophisch zu bekämpfen, wodurch Benjamin, insbesondere auf dem Gebiet der Kunsttheorie, ein dankbares Feld fand. Begriffe wie Schöpfertum, Genialität, Ewigkeitswert und Geheimnis setzte er beiseite. Für ihn führte ihre unkontrollierte Anwendung „zur Verarbeitung des Tatsachenmaterials in faschistischem Sinn."

„Der Faschismus versucht, die neu entstandenen proletarisierten Massen zu organisieren, ohne die Eigentumsverhältnisse, auf deren Beseitigung sie hindringen, anzutasten. Er sieht sein Heil darin, die Massen zu ihrem Ausdruck (beileibe nicht zu ihrem Recht) kommen zu lassen. Der Faschismus läuft folgerecht auf eine Ästhetisierung des politischen Lebens hinaus." (Nachwort zu „Das Kunstwerk im Zeitalter seiner technischen Reproduzierbarkeit".)

Auch in Benjamins großem Aufsatz über Karl Kraus ist vom Schöpferischen die Rede: „Allzulang lag der Akzent auf dem Schöpferischen. So schöpferisch ist nur, wer Auftrag und Kontrolle meidet. Die aufgegebene, kontrollierte Arbeit – ihr Vorbild: die politische und die technische – hat Schmutz und Abfall, greift zerstörend in den Stoff ein, verhält sich abnutzend zum Geleisteten, kritisch zu ihren Bedingungen und ist in alledem das Gegenstück zu der des Dilettanten, der im Schaffen schwelgt." Der Fetisch des schöpferischen Daseins, so Benjamin, verhindert die Vereinigung unseres Lebens mit der Technik. In diesem Punkt nimmt auch Benjamins, gerade für das österreichische Kunstleben so ungemein aktueller, Exkurs über den Jugendstil seinen Anfang: „Der Jugendstil stellt den letzten Ausfallversuch der in ihrem elfenbeinernen Turm von der Technik belagerten Kunst dar. Er mobilisiert alle Reserven der Innerlichkeit. Sie finden ihren Ausdruck in der mediumistischen Liniensprache, in der Blume als dem Sinnbild der nackten, vegetativen Natur, die der technisch armierten Umwelt entgegentritt."

Benjamins Resumé ist vernichtend: „Der Versuch des Individuums, auf Grund seiner Innerlichkeit mit der Technik es aufzunehmen, führt zu seinem Untergang." Er hatte frühzeitig die katastrophale Diskrepanz zwischen der bürgerlichen, im Schutz der eigenen vier Wände gepflegten Innerlichkeit und der ständig mehr perfektionierten Technik erkannt. Nachdem die Katastrophe sich im zweiten Weltkrieg in einem vorher unvorstellbaren Ausmaß entladen hat, sind wir heute keineswegs der Aufgabe enthoben, uns der Merkmale des unbürgerlichen Menschen zu versichern, um den Benjamin gerungen hat. Er rief beileibe nicht zum Bildersturm auf oder zur Vernichtung der Zeugnisse des abendländischen Geisteslebens, aber er wollte das menschliche Leben nicht davon verschüttet sehen. Kein Kunstwerk sollte dazu dienen, die erbärmliche Lage von Menschen zu verschleiern oder das Gewissen ihrer Mitmenschen zu beruhigen. Es sollte niemand verleiten, in einer vergangenen Zeit zu leben, wo doch die Gegenwart alle Geistesgegenwart beansprucht.

Dazu mußte sich aber die Denkweise radikal ändern und den Menschen zuvor über ihre Entfremdung untereinander und über die Gefahr, in der sie dadurch schweben, die Augen geöffnet werden. In seinem Text „Reise durch die deutsche Inflation" stieß Benjamin auf eine sonderbare Paradoxie: „Die Leute haben nur das engherzigste Privatinteresse im Sinne, wenn sie handeln, zugleich aber werden sie in ihrem Verhalten mehr als jemals bestimmt durch die Instinke der Masse . . . Wieder und wieder hat es sich gezeigt, daß ihr Hangen am gewohnten, nun schon längst verlorenen Leben so starr ist, daß es die eigentlich menschliche Anwendung des Intellekts, Voraussicht, selbst in der drastischen Gefahr vereitelt."

Benjamins Pessimismus war abgrundtief; er konnte sich des Gefühls nicht erwehren, daß es für Rettungsversuche längst zu spät ist. Aber seine Überzeugung war es zugleich, daß sich die Rettung an den kleinen Sprung in der kontinuierlichen Katastrophe hält. Und so fand er immer wieder die Kraft, Platz zu schaffen, die Kraft zur Destruktion in seinem ureigensten Bereich, dem der Sprache. So lesen wir folgendes in einem 1916 an Martin Buber gerichteten Brief: „In wievielerlei Gestalten auch die Sprache sich wirksam erweisen mag, sie wird es nicht durch Vermittlung von Inhalten, sondern durch das reinste Erschließen ihrer Würde und ihres Wesens tun. Und wenn ich von anderen Formen der Wirksamkeit – als Dichtung und Prophetie – hier absehe, so erscheint es mir immer wieder, daß die kristallreine Elimination des Unsagbaren in der Sprache die uns gegebene und nächstliegende Form ist, innerhalb der Sprache und insofern durch sie zu wirken."

Hier spitzt sich der Kampf gegen die bürgerlichen Bewußtseinsformen, im Sinne Korschs, aufs äußerste zu und gewinnt zugleich sein sicherstes Fundament. „Die kristallreine Elimination des Unsagbaren in der Sprache" bezeichnet den Vollzug der Revolution im philosophischen Bereich, in Entsprechung zur ökonomischen und politischen Umwälzung. Hier wird die Philosophie aufgehoben, indem sie verwirklicht wird. An dieser Stelle hat die radikal unbürgerliche Methode der „Philosophischen Untersuchungen" Wittgensteins ihren Platz, die in unerschütterlichem Vertrauen – ohne zu fragen, wie mit dem Jenseitigen dann auszukommen sei – das Sagbare vom Unsagbaren trennt.

Im Hinblick auf das Judentum würde der Dialog desselben mit dem Marxismus nicht auf gegenseitige Toleranz und Annäherung abzielen, sondern wechselweise Radikalisierung fordern. Auch dann, wenn Jude und Marxist oder auch wenn Christ und Marxist in einem einzigen Menschen vereint sind. „Das Judentum hat," schreibt Scholem, „stets an einem Begriff der Erlösung festgehalten, der sie als einen Vorgang auffaßte, welcher sich in der Öffentlichkeit vollzieht, auf dem Schauplatz der Geschichte und im Medium der Gemeinschaft." Den Marxisten zwingt das Erwachen aus dem Traum in diesem Jahrhundert, zwingt die moderne Technik dazu, seine Innerlichkeit preiszugeben und den Rettungsversuch in der Öffentlichkeit – unter Auftrag und Kontrolle – zu vollziehen: auf dem Schauplatz der Geschichte und im Medium der Gemeinschaft.

Dichtung und Provokation

Über Ezra Pound

„So wurde das deutsche Hochschul- und Universitätswesen bekanntlich vom Ziel der Wahrheitsfindung – der Erforschung der objektiven Wahrheit – abgelenkt und in einen Mechanismus verwandelt, der dazu bestimmt war, das denkende Segment des Volkes von der Beschäftigung mit aktuellen Problemen abzuhalten."

Mit diesem Zitat von Ezra Pound aus dem Jahre 1932 leitet Eva Hesse eine Broschüre ein, die den Titel trägt: „Der Revolution ins Lesebuch" und im Verlag „Die Arche" in Zürich erschienen ist. Auf Seite 29 schreibt sie darin in einer Anmerkung folgendes: „Niemand hat seine Kritik an den Mächten der Zeit klarer formuliert als Pound, den die Kritik als Esoteriker hinzustellen liebt. Die nun folgende Passage über die finanzielle Funktion der Fabrik ist ein klassisches Beispiel". Eva Hesses Beleg stammt aus dem 38. Canto und entstand 1933. Er beginnt so:

„Eine Fabrik
hat noch einen weitren Aspekt, nämlich den finanziellen:
Sie verleiht den Leuten Kaufkraft (Löhne und Dividenden, die nichts andres als Kaufkraft sind) doch
sie bewirkt zugleich die Preise
oder die Werte, finanzielle Werte, heißt das."

Und Pound zieht gegen die Waffenfabrikanten Krupp und Creusot zu Felde. Auch hat er Marx gelesen und Properz, der im alten Rom die Devise „Make love not war" propagierte, übersetzt. Die russische Oktoberrevolution hatte er schon 1925 in seinem 16. Canto behandelt:

„Darauf kommt's an bei einer Menschenmenge:
sie auf die Beine und auf die Straßen bringen."
Und weiter unten heißt es:
„Und es war die Revolution . . .
sobald ihr Name fiel.
Und sie werden nicht *gemacht,*
Keiner ahnte, daß sie bevorstand. Ja, die alte Bande war bereit,
MGs auf den Dächern von Postamt und Palast
Doch keiner von den Führern ahnte ihr Bevorstehn."

Als Quelle für diese Verse zitierte Eva Hesse die Autobiographie des amerikanischen Sozialkritikers Lincoln Steffens, in der es heißt: „Es war die Regierung, die die Revolution voraussah, vorbereitete, auslöste – in Rußland wie in Mexiko." Steffens war auch 1917 Zeuge der endlosen, ununterbrochenen Debatte im ersten Sowjet, als unverfälschte Demokratie – bevor Lenin die Macht ergriff – am Werk war. Pound kam auf die Rolle des Volkes in der Revolution in seinem 27. Canto zu sprechen:

„Dies sind die Taten von Towaristsch:
Daß Towaristsch das Haus der Tyrannen zu Fall gebracht
und aufstand und Bafel auf Bafel geredet
Und von dannenzog und in der Scholle lag,
Und die Xariten neigten sich über Towaristsch."

„And talked folly on folly" lautet im Original, was Eva Hesse mit „Bafel auf Bafel geredet" übersetzt, und womit das unnütze Geschwätz in den Sowjets gemeint ist. Sie zitiert den genannten Canto fast bis zum Ende. Nur die letzten drei Verse, die möglicherweise zu poetisch klingen, um ins Lesebuch der Revolution zu passen, läßt sie aus. Sie lauten in der Übertragung:

„Laubgewordene Luft.
Blütenährig hängt dort Akanthus,
Kennst du das Unten vom Oben?"

Liegt bei Pound nun vor, was Walter Benjamin die „Ästhetisierung der Politik" und eine „Verarbeitung des Tatsachenmaterials im faschistischen Sinn" genannt hat. Was Benjamin als Kommentator Brechts im positiven Sinn unternahm, soll im Hinblick auf Pound in kritischer Absicht versucht werden, nämlich „die politischen Inhalte gerade rein lyrischer Partien herauszustellen."

„ ‚Nicht mehr vonnöten', Steuern sind nicht mehr vonnöten
im alten Sinn wenn es (das Geld) durch geleistete Arbeit gedeckt ist
innerhalb eines Systems, nach Maß und Bedarf der Menschen
innerhalb von Nation oder System
und entwertet im Maßstab von Gebrauch und Verbrauch
à la Wörgl. Benito sagte, man müßt' es überlegen
ward aber tot gehängt an den Fersen eh seine Idee
in proposito wirksam in Tat trat."

In diesen Versen aus dem 78., in Pisa entstandenen, Canto wird ein Motiv für Pounds Bindung an Mussolini deutlich. Er versprach sich von ihm wirtschaftliche Maßnahmen zur Abschaffung des Wuchers, der von ihm mit leidenschaftlichem Haß verfolgten ‚usura', und zur Bekämpfung des damit verbundenen Konsumdenkens.

Pound hatte erkannt, daß alle Macht der Gesellschaft auf dem Gelde beruht und wollte die Währungspolitik fest in den Händen des Volkes wissen. Der Umlauf des Geldes durfte also niemals durch zu hohe Zinsen blockiert werden, weshalb Pound – nach dem Vorbild Silvio Gesells – für eine durch Arbeitsleistung gedeckte Währung eintrat. In diesem Zusammenhang kommt er immer wieder auf Wörgl in Tirol zu sprechen, eine Stadt, die 1932 ihr eigenes Geld druckte:

„Der Staat braucht nicht borgen/ wie Wörgls Bürgermeister nachwies, der Milch ausfuhr und dessen Frau Hemden und Lederhosen verkaufte und auf dessen Bücherbord Henry Fords Leben stand/ und eine Ausgabe der Göttlichen Komödie/ und die Gedichte von Heine/ ein nettes Städtchen in Tirolerland in einer flachen Talsohle gelegen/ nicht weit von Innsbruck/ und als ein Schein der Kleinstadt Wörgl über die Theke wanderte in Innsbruck/ und der Bankier es wahrnahm/ geriet der Geldklüngel Europas aus dem Häuschen."

Weil Ezra Pound die Verfassung der Vereinigten Staaten, welche die Macht des Geldes erkannt und sie dem Kongreß überantwortet hatte, achtete, kämpfte er gegen die Außenpolitik Roosevelts und die absichtliche Irreführung des Kongresses in der Frage des Eintritts der Vereinigten Staaten in den zweiten Weltkrieg. Die Vergeblichkeit dieses Kampfes trieb ihn 1940 nach Italien und wirkte sich in seinen Rundfunkansprachen aus. Als die amerikanische Regierung 1942 alle amerikanischen Staatsangehörigen wegen des Krieges zur Heimkehr aufrief, wurde Ezra Pound vom Konsulat die Erlaubnis zur Rückkehr verweigert.

„Pounds ganzes Verhältnis zu Italien ist von dem Ideenkomplex ‚Rom' überlagert", schrieb Eva Hesse, „also der Vorstellung von einem Staat, der in menschlichen und übermenschlichen Ordnungen gefestigt ist." Kein Wunder also, daß er Mussolinis Versprechen einer neuen römischen Ordnung wie einer Fata morgana verfiel. Läßt sich nun diese politische Einstellung Pounds aus seiner Dichtung in einer Weise herauslösen, daß ein unbeeinflußter, von ihr nicht eingefärbter Rest bliebe? Oder bedeutet seine Dichtung von der ersten bis zur letzten Silbe, auch dort wo Pound als ein neuer Odysseus und Abenteurer des Geistes „durch Zeiten und Räume schifft", eine Verarbeitung des Tatsachenmaterials im faschistischen Sinne?

Um der Frage nach Pounds dichterischem Rang näherzutreten, sei zunächst auf einen Aufsatz aus seiner Feder über James Joyce zurückgegriffen, der in deutscher Übersetzung 1924 in der Zeitschrift „Der Querschnitt" erschienen ist. Pound fiel zunächst auf, daß im „Ulysses" das von Flaubert in „Bouvard et Pécuchet" eingeleitete stilistische Verfahren weiterentwickelt wird. Er begreift es als eine Methode der Summierung und Analyse aller möglichen Dinge, die dem Durchschnittsmenschen einer bestimmten Periode in den Sinn kommen können. Er bewundert dabei, daß im „Ulysses" „jegliches sich in jedem beliebigen Moment ereignen kann" und zeigt auch den von ihm dabei entdeckten politischen Aspekt dieses Verfahrens auf:

„Die Bouvard und Pécuchet sind die Basis der Demokratie: Bloom ist im gleichen Sinn Basis der Demokratie; er ist der Mann der Straße, ist ‚jeder Dritte', das Publikum, nicht unser, aber Wells'

Publikum; denn Wells selbst ist Hocking's Publikum, er ist 'l'homme moyen sensuel'; er ist sowohl Shakespeare, wie Ulysses, wie der ewige Jude, der ‚Daily-Mail'-Leser, der Mann der das glaubt, was er in den Zeitungen liest, Jedermann und der ‚Geneppte' . . ."

Pounds Einstellung zum Mann der Straße kommt hier gut zum Ausdruck, als ein Gemisch von Verachtung und Mitleid für Menschenwesen, die wohl geprellt sind, für deren Änderung aber nichts zu hoffen ist. Von Interesse ist lediglich, was für den Dichter und seine Kunst dabei herausspringt. Der vielfältigen Sprache, die im Publikum gesprochen wird, will er sich durchaus bemächtigen, aber in der klaren Erkenntnis der eigenen Besonderheit, für welche selbst Vollendung nicht unerreichbar ist. Denn der Dichter Pound ist zivilisiert und kraft seiner Kenntnisse alles andere als ein Barbar.

Sanavío kreidet es Pound an, daß er wohl die Symptome einer Krankheit feststellen konnte, aber unfähig zur Diagnose der Krankheitsursachen war. In dem Aufsatz über Joyce findet sich nun folgendes Symptom: „In unserer Zeit erhält nur eine ganz kleine Plutokratie die wirklichen Nachrichten, von denen alsdann nur ein geringer Bruchteil (so wenig, daß die umliegenden Dörfer überhaupt nur noch einen ganz schwachen Lichtschimmer sehen) in den Zeitungen veröffentlicht wird." Pound rückt nun nicht den Ursachen der Entstehung einer „finanziellen Oligarchie" – wie Eliot es nannte – in den Vereinigten Staaten zu Leibe, sondern reklamiert die Notwendigkeit eines intellektuellen Lebens in Amerika. „Das ‚rechte Wort' ist von öffentlicher Bedeutung; das ist nun mal so. Ich konstatiere diese

Tatsache nicht zur Beruhigung der Ästheten, die alle Autoren im wesentlichen ohne Nutzeffekt wünschen. Wir werden regiert durch Worte, die Gesetze sind, in Worten niedergeschrieben, und nur durch die Literatur können diese Worte lebendig und treffend erhalten werden. Die verschiedenen sprachlichen Alterserscheinungen zeigen, was aus einer Sprache wird, wenn sie in die Hände unliterarischer Spezialisten gerät."

Pound erhebt also Anspruch auf den politischen Nutzeffekt der Literatur und verkündet die bestechende These, daß die Worte der Politik und der Gesetze, von denen man die Regelung menschlicher Angelegenheiten und „die Organisierung der Komödie menschlichen Zusammenlebens" erwartet, durch die Literatur lebendig erhalten werden. Die Literatur gewinnt somit eine scharf umrissene politische Funktion; sie greift nicht direkt in das geregelte menschliche Zusammenleben ein, sorgt aber für die Lebendigkeit der Sprache.

Es geht also nicht darum, Licht in die sozialen Verhältnisse zu werfen, und durch Einsicht auf die grundlegende Veränderung unhaltbarer Zustände hinzuarbeiten. Der Revolution hat Pound in der Tat nichts ins Lesebuch zu schreiben, weil er von der Überzeugung ausgeht, daß die Dinge ja im Grunde in Ordnung sind. Manches mag gealtert sein und abgelebt wirken – der zyklische Geschichtslauf kennt solche Phasen –, aber es genügt, ihm neues Leben einzuhauchen. Diese Auffrischung wird von kraftvollen, schöpferischen Persönlichkeiten bewirkt, die sich in der Kunst ausleben, ohne den politischen Nutzeffekt außer Acht zu lassen.

An artifiziellen Raffinement gebricht es Pounds Dichtung nun wahrlich nicht und doch soll der gewaltige, kunstvoll nach musikalischen Prinzipien gebändigte Redeschwall seiner Cantos sich vom Erdboden nicht zu weit entfernen. Die Geräusche, Gerüche und typischen Gesprächsfetzen des Straflagers sind in den Pisaner Cantos beklemmend eingefangen worden.

„Hot hole hep cat"
oder Worte von ähnlicher Klangfülle
nur auszumachen von den gott-verdammten
oder menschlich-verdammten Schleifopfern
Lungernde Nachtkatz, laß meine harten Rechtecke in Ruhe
sie sind keinesfalls Katzenkost/ wenn du gescheit wärst/
kämst du zur Essenszeit/ wenn es Fleisch gibt in rauhen Mengen/
du kannst weder Manuskripte noch Konfuzius essen/
schon gar nicht die hebräische Schrift . . ."

Ein ehemaliges Mitglied der Wachmannschaft des Straflagers gab zu diesen Versen die Erläuterung, daß hier die halbgesungenen Befehle der schwarzen Unteroffiziere beim Strafexerzieren widergegeben werden, und Pound den Konfuzius-Band erwähnt, der ihn während seiner Gefangenschaft begleitete. Die Literatur wird selbst aus der erniedrigendsten Situation nicht ausgeklammert, sondern ästhetisiert auch das Strafexerzieren im Lager. Am metaphysischen Fortbestand der Kultur zweifelt Pound keinen Augenblick. Ein Band Konfuzius stellt die Verbindung mit ihr her und hält den Dichter am Leben, der sich nach dem Augenblick sehnt, „wo der Honigkarren", der aus den Latrinen die Exkremente einsammelte, „zu stinken aufhöre und die Nase Frieden habe." Und schließlich ist von dem Zustand die Rede, „wo es keine Tage mehr gibt", wo die Zeit aufgehoben ist und der zivilisierte Mensch in sich ruht.

„Wie die einsame Ameise aus dem verheerten Ameisenhaufen,
aus Europas Zerrüttung, ego scriptor.
Der Regen ist gefallen, der Wind stieß herab
aus dem Berg/ Lucca, Forti dei Marmi, Berchthold
nach dem Vorigen.
Stücke wieder zusammengesetzt.
. . . und innen im Kristall, stieg auf wie Thetis
hurtig, an Farbe rosablau vorm Sonnenuntergang
karminrot und bernsteingelb/spiriti questi? personae?"

Ich, der Schriftsteller Pound, steige aus Europas Zerrüttung. Der Dichter ist es, der uns in den Cantos die Geburt der Schönheit erleben läßt. „Aphrodite", schreibt Eva Hesse, „das Weibliche, das Rätsel des Schönen, steht im Mittelpunkt der mythologischen Gestalten, die in den Cantos als Chiffren der dem menschlichen Willen entzogenen Kräfte in Natur und Mensch dienen."

„Cythera potens, kythera deiná/nicht Wolke, sondern der kristallne Leib / Berührung in der hohlen Hand geformt/ wie der lebendige Hauch im Buchenhain/ wie starke Luft unter Zypressen . . ."

To kalón, das Schöne, und das Betroffensein von der Schönheit gehören untrennbar zu Ezra Pounds Dichtung. Wenn er später von der Schwierigkeit der Schönheit spricht und der aus Meerschaum geborenen Göttin, die „schrecklich im Widerstand" ist, hat sich der Begriff des Schönen immer mehr dem der Ordnung angenähert. Pound landete wieder bei Mussolini als er schrieb:

„Wohingegen ich wiederum auf meiner Überzeugung beharre, daß der Duce sich nicht zu den Despoten und Machtlüsternen gesellen wird, sondern zu den Verfechtern der Ordnung, tò kalón."

Man darf nicht außer acht lassen, daß stets Amerika in Ezra Pounds Blickpunkt steht. Seine Begründung der Notwendigkeit eines intellektuellen Lebens in den Vereinigten Staaten läuft auf die Schaffung neuer Kultwerte hinaus. Pound predigt den Respekt vor der Kunst, um mittelständische, von Recht und Ordnung getragene Verhältnisse aufrecht zu erhalten. Das Genie wird für seine weniger bemittelten Mitmenschen großmütig Sorge tragen, ohne ihnen deshalb wesentliche Rechte einräumen zu müssen. Forderungen, die etwa danach erhoben werden könnten, hält der Dichter nieder, indem er kultische Verkehrung – keineswegs für seine Person, wohl aber für die ewigen Werte und den gewaltig brausenden Strom kultureller Überlieferung fordert, die in sein Epos Eingang gefunden haben.

Eine marxistisch orientierte Kritik an Ezra Pound ist innerhalb des englischen Sprachraumes schwer denkbar, wo man sich, was Dichtung anlangt, noch in einem unerschütterlichen Traditionszusammenhang geborgen weiß. Angesichts der faszinierenden Aneignung und Umschmelzung überlieferter Formen der englischen Dichtung durch den Amerikaner Pound kreiste die auf hohem Niveau geführte Diskussion vorwiegend um formale Aspekte, um die Verfeinerung und Bereicherung des lyrischen Instrumentariums oder die erfolgreiche Anwendung musikalischer Formprinzipien. Pound muß jedoch im Hinblick auf die gesellschaftlichen Verhältnisse Nordamerikas in ihrer Gesamtheit gesehen werden.

Sein literarisches Engagement stand nicht im Dienste eine gebildeten Minderheit mit hochgezüchtetem Geschmack, sondern zielte auf das Zusammenleben innerhalb der, in rasender Entwicklung begriffenen, nordamerikanischen Demokratie. Pounds Rezept erschöpfte sich in einer Literarisierung des öffentlichen Lebens und die Rolle, die der Dichter dabei im Staate zu spielen trachtete, ähnelte fatal jener, die Martin Heidegger in seiner Freiburger Rektoratsrede 1933 für sich in Anspruch zu nehmen gesonnen war. Die geniale Persönlichkeit hat in diesem Konzept eine entscheidende Funktion. Ihre Genialität beruht freilich nicht auf einer Summe von Leistungen, sondern wurzelt in der Erfahrung, von einem übermächtigen Schicksal, einer rational nicht ergründbaren Macht, in Anspruch genommen zu werden.

Pounds Behauptung, daß Dichtung nur dann echt sei, wenn der Dichter sie lebe, ist eine natürliche Folge eines physischen wie psychischen Durchdrungenseins von übermenschlichen Mächten. Eng damit, daß Pound die poetische Inspiration als Besessenheit von einem anderen Wesen empfindet, hängt die auf Yeats und Browning zurückgehende Verwendung poetischer Masken zusammen. Christoph de Nagy schreibt, daß Pound in den meisten seiner „personae" „wirkliche Begebenheiten aus dem Leben bestimmter Dichter, neben regelrechten Zitaten aus ihren Werken, zur Untermauerung einer subjektiven Einstellung" verwende. „Man könnte die ‚personae' einem Schalltrichter vergleichen, der des Dichters eigene Stimme verstärkt."

„Noch keiner hat gesagt dies auszusprechen: Doch weiß ich wie die Seelen aller Großen/ Zuweilen durch uns ziehn,/ Und wir in ihnen aufgehn und nicht sind,/ Nichts sind als ihrer Seelen Widerschein./ So bin ich Dante eine zeitlang, bin/ Einer namens Villon, Balladen-Prinz und Dieb,/ Bin solche Heiligen, daß ich ihre Namen/ Nicht nennen mag aus Angst vor Blasphemie –/ Dies einen Augenblick und dann erlischt die Flamme."

Der Dichter als Gefäß solch gewaltiger Überlieferung, die ihn wehrlos in ihren Bann schlägt, weiß sich zugleich von ihr getragen und in seiner Außenseiterstellung bestärkt. Sein eigenes Licht braucht er dabei nicht unter den Scheffel zu stellen, sondern kann es mit den höchsten Weihen umso heller erstrahlen lassen. Abgesehen von den großen Dichtern, Helden und Weisen, die Gewalt über Pounds Seele bekommen und sie mit ihrem Genius erfüllen, erwähnt Eva Hesse noch eine weitere, für Pound verbindliche Definition der Genialität, die auf Aristoteles zurückgeht und im raschen Erfassen der Zusammenhänge quer durch alle Zeitschichten und Abstufungen der Wirklichket besteht.

Demnach kommen auch dem Historiker Pound genialische Züge zu. Er erfaßt wohl rasch übergeordnete Zusammenhänge, soweit sie seinem Weltbild und den damit verbundenen poetischen Absichten entsprechen, im übrigen freilich hält er sich mit dem fachgerechten Studium historischer Fakten nicht lange auf. Seine Sicht der Geschichte gleichsam vom fahrenden Schiff aus ergibt Bilder, die sich mit jenen aus objektiv-wissenschaftlichem Blickwinkeln nicht zu decken brauchen. Als Dichter ist Ezra Pound eben zugleich ein Seher, der die schmerzliche Zersplitterung der Wissenschaft in einzelne Fachdisziplinen durch seinen genialen Zugriff aufhebt.

Pound kommt dem Bedürfnis des Amerikaners nach Geschichte entgegen, einer Geschichte, die ihn nicht heilsam schockiert und zum Denken anregt, sondern ihn schützend umfängt und ihn mit den Attributen ihrer Größe ausstattet. Er braucht sie dabei nicht als zeitliche Abfolge zu begreifen, vielmehr steht sie ihm als Raum-Zeit-Kontinuum, als Feld, zur Verfügung. Einzelne Ereignisse sind so zugleich abrufbar und ihre zeitliche Diskrepanz bildet kein Hindernis, sie unter verschiedenartigen Gesichtspunkten zueinander in Beziehung zu setzen. Pound hat dieses Verhältnis zur Geschichte in seinen Cantos zur Darstellung gebracht und sich dabei keineswegs zufällig musikalischer Prinzipien bedient.

Gelebte Dichtung fand Pound – in Verbindung mit Musik – bei den provencalischen Troubadours, mit ihrer Leidenschaft, „eine Form zu zeugen in den Regenschlieren." Auch in der griechischen Frühzeit stieß er auf melische Dichtung und machte sich an die Erarbeitung einer völlig neuen Methode der dichterischen Komposition, nicht nur in metrischer, sondern auch in motivischer Hinsicht. „Das vollkommene Lied kommt zustande, wenn der dichterische Rhythmus aus sich selbst interessant ist und wenn der Musiker ihn steigert und unterstreicht, ohne die bestimmende Kadenzierung und Akzentuierung der Worte zu durchbrechen, oder zumindest ohne zu weit davon abzugehen; wenn Ligaturen die Klangfarben der Worte zum Ausdruck bringen und die kleinen Umspielungen und Verlängerungen sich dem größeren rhythmischen Ablauf des Gedichts einfügen."

Durch die Hinzuziehung der Musik soll also Vollkommenheit erreicht, die Wirkung und Erhabenheit der Dichtung nachdrücklichst unterstrichen werden. Nach dem Vorbild der Musik lernte es Pound aber auch, die seiner Dichtung jeweils adäquate Rhythmik zu finden und den Abständen und Intervallen Gewicht beizumessen. Pound spricht es schließlich ausdrücklich aus, daß er an einen absoluten Rhythmus glaube. „Ich glaube, daß jede Empfindung und jede Empfindungsphase irgendeine tonlose Phrase, eine rhythmische Phrase enthält, die ihr Ausdruck gibt."

Damit ist ein entscheidendes Element gefunden, das nicht nur die Haltbarkeit der Dichtung verbürgt, sondern auch auf ihren Ursprung im Ewigen, Überzeitlichen und unveränderlich Beharrenden verweist. Darüberhinaus eignete sich Pound musikalische Verfahren nicht nur, in der Art von James Joyce, zur Erzeugung von Einzeleffekten an, sondern setzte sich das Ziel, „daß seine Cantos letztlich die Struktur einer Bachschen Fuge aufweisen sollten." Murray Schafer führt eine Äußerung Pounds gegenüber Yeats an, daß den Cantos keine Handlung sondern eine fugale Struktur zugrunde liegen werde, „keine Chronik von Ereignissen, keine logische Auseinandersetzung, sondern zwei Motive, der Homerische Abstieg in den Hades, und eine Ovidsche Metamorphose und dazwischen mittelalterliche und neuzeitliche Persönlichkeiten aus der

Geschichte." Schafer kommentiert diese Bemerkung dahingehend, daß die Themen bei ihrer ersten Einführung kaum einen Sinn ergeben, ja vielleicht so unscheinbar wie manche von Bachs Fugenthemen sein können, daß sie sich aber mit jeder Wiederaufnahme deutlicher entfalten, bis sie am Ende aus dem ungeheuren Geflecht von Denkbildern und Ereignissen feste Gestalt gewonnen haben.

Es handelt sich bei den Cantos um die dichterische Gestaltung von Pounds Erkenntnis, daß eine Zivilisation nicht die Summe, sondern das Produkt ihrer Komponenten sei. Um das lebendige Zusammenspiel der Komponenten war es ihm zu tun, wenngleich er am Produkt nicht rütteln wollte. Pound arbeitete als poeta doctus des 20. Jahrhunderts, der kraft der Fülle seiner Gelehrsamkeit und seiner dichterischen Meisterschaft schulbildend wirken wollte. Die Weltkultur von morgen ließ sich ja nur heraufführen, indem für die konsequente Literarisierung des öffentlichen Lebens Sorge getragen wurde. Einer allein konnte das nie bewerkstelligen, auch wenn er noch so mit Genie begnadet war und von Geschichtsmächten in den Dienst genommen wurde. Auch wollte einer, der Dichtung buchstäblich lebte, dieses Leben mit anderen teilen. Pound denkt da gar nicht nur an gemeinschaftliche geistige Interessen, sondern ist von der biologischen Funktion der Dichtung überzeugt.

„Uns umgibt ein Universum, das von beweglichen Energien geladen ist; unsere Erkenntnisse fußen auf dem keimhaften Universum des grünen Holzes und des grünen Steins. Was seinen (des Menschen) Sinn angeht, so scheint die eine Denkweise in dem zu ruhen, was die Griechen das Phantastikon nannten. Dieses Denken umwölbt den Menschen wie eine Seifenblase, auf deren Oberfläche sich alle möglichen Flicken des Makrokosmos abbilden. Die andere Denkweise besteht in einer Art Kristallkernbildung. Dieses Denken ist im Menschen wie der Gedanke des Baumes im Samen, oder der Gedanke des Grashalms, der Ähre oder der Blüte. Und diese Geistigkeit ist die poetischere: sie wirkt auf die Vorgänge der Umgebung ein und setzt sie um, ähnlich wie der Same das Erdreich umsetzt, in dem er steckt. Eine solche Denkweise ist dem vitalen Universum blutnah. Die Macht der griechischen Schönheit aber beruht darin, daß ihr Geist immer am Werk war, dieses vitale Universum zu übersetzen: durch die Götter, das Gefolge der Götter und alle die Oreaden."

Der Dichter, der von einer großen Poesie träumt, die mit Taten geschrieben ist, sieht sich mit der Tatsache konfrontiert, daß das Schöne „auf den Märkten verfügt" wird. Kunst ist reproduzierbar und zum Schrecken des Dichters zur Ware geworden. Er weigert sich jedoch, die Ursachen der damit verbundenen Vorgänge zwischenmenschlicher Entfremdung zu durchdenken und läuft lediglich gegen den Wucher, die Usura, Sturm. Der Ausverkauf der abendländischen Zivilisation, in der Kulturgüter gemäß Angebot und Nachfrage gehandelt werden, erfüllt ihn mit Schrecken. Darauf ist er zumal als Amerikaner nicht vorbereitet, dem die Dekadenz der europäischen Kultur zwar kein Geheimnis war, der jedoch zuverlässig hoffte, ihr die urwüchsigen, noch unverbrauchten Kräfte Amerikas leihen und sie zu neuem Leben erwecken zu können.

Eva Hesse kommt mit ihrer These nicht durch, daß Pound zu den wesentlichen Zeitkritikern zu zählen sei, der zudem mit seinen Cantos einen Text etabliert habe, dem Klassizität zuzubilligen wäre. Pound hat sich nicht nur bemüht, Dichtung zu schaffen, die alle Kennzeichen wahrhaft umfassender Größe trägt und in rational nicht mehr aufschließbare Tiefendimensionen reicht, sondern wollte auch jenes Weltbild ins Licht der Gegenwart rufen, in dem allein ein solches klassisches Epos wurzeln kann. Er verschrieb sich einer mystischen Weltschau, von der er in möglichst objektiver, unpathetischer Weise Zeugnis zu geben suchte. Die Wahrheit sollte jeweils unverstellt zu Tage treten und für sich selbst sprechen. Er wollte als heidnischer Seher Wallstreet erobern und die Taten des Pentagons dichten. Man muß zu dem Schluß kommen, daß Pound, der in lauterster Absicht ausgezogen war, Europa nach Amerika heimzuholen, tragisch und nicht ohne Größe gescheitert ist.

Die Entstehung des Kunstwerks
(Marcel Prousts wiedergefundene Zeit)

Der Mensch ist in diesem Jahrhundert wie nie zuvor in die Öffentlichkeit gestoßen worden, eine Öffentlichkeit, die in ihrer Ausgesetztheit kaum noch mit der Agora der griechischen Polis zu vergleichen ist, die eine überschaubare, unzerbrochene Einheit gewährleistete. Auch der Dicher, dem so gern „alles, was gemeinsam", fremd, alle physische Berührung unschicklich ist, sieht sich als Produzent in Gemeinschaft gestoßen und mit der Herausforderung zur Brüderlichkeit, zur Solidarität im Ausnahmezustand, konfrontiert. Die Vergesellschaftung auch seiner Produktionsmittel, über die er doch bislang uneingeschränkt verfügen konnte, ist somit vollzogen. Will er nicht verstummen, hat er sich Kontrollen zu unterwerfen, die in Erfolg und Mißerfolg manifest werden. Dem Unzeitgemäßen entgleitet auch der letzte Rettungsanker, denn auch die Sprache verbürgt nicht länger Bestand und Rettung in Überzeitliches. Sie fußt ja nicht nur auf Überlieferung, sondern auch auf Gebrauch, auf lebendigem Gebrauch, der nicht bloß der Weitergabe von Informationen dient. Nein, Sprache ist immer auch Verzicht, Schweigenkönnen und Preisgabe. Sprechend liefert sich der Mensch dem Du aus oder es hat nicht viel mit dem auf sich, was über seine Lippen kommt. „Was opfert der Mensch?", fragt Ferdinand Ebner und gab die Antwort: „Alles, was er in seiner Icheinsamkeit und Verschlossenheit vor dem Du ergriffen hat als das Seine." Jeglicher Besitz ist in Frage gestellt, jede Überzeugung, Erfahrung und Erinnerung. Aber nur die Liebe, nicht die Einsamkeit, hat vor dem Tod Bestand. Liebend nur kann der Mensch wohnen auf der Erde, in uneingeschränktem gegenseitigen Vertrauen, in einem Paradies also, das es nicht gibt und das längst durch Formen nüchterner Bestandsicherung ersetzt wurde, durch Gewalt und Gegengewalt, durch die Eskalation bürgerlicher Anständigkeit.

„Das liebelose Wort" rückt in den Mittelpunkt der Aufmerksamkeit, das liebelose Wort, von dem sich so kunstvoll Gebrauch machen läßt, bis dem Text Klassizität zuwächst. Auch die Sprache der Wissenschaft kann sich behelfen, es sei denn die allgemeine Überprüfbarkeit und Erweisbarkeit ihrer Sätze stößt bei der praktischen Anwendung an die Grenze der Selbstvernichtung. Der Dichter stellt jedes persönliche Opfer in den Dienst des Kunstwerks. Er folgt dem Auftrag, der Berufung, die seine intimste und nach außen hin nicht beweisbare Angelegenheit ist, und opfert im Dienste seines ureigensten Besitzes, des in ihm präexistierenden Kunstwerks. Verewigung eines Teils seines Ichs ist gerade das Anliegen des spätbürgerlichen Künstlers, dessen eifersüchtig gehüteter Besitz die Erfahrung der Unmöglichkeit der Liebe ist. Bei Marcel Proust und seinem im wahrsten Sinn des Worts auch gelebten Kunstwerk war ein unstillbares Glücksverlangen Triebfeder seiner entsagungsvollen literarischen Tätigkeit. Glück verfügbar zu machen, lautet die Formel, auf der die „Suche nach der verlorenen Zeit" beruht. Und dieses Glück entspringt nicht der Begegnung und dem Vollzug von Liebe, sondern der Erinnerung und damit dem Denken. Einem An-denken, das unwillkürlich in

Gang kommt. Die Entstehung des Kunstwerks wird dabei eigens thematisiert und im Abschlußband des Romanwerks, der von der wiedergefundenen Zeit handelt, entschlüsselt. Dabei wird die in Frage stehende Thematik in aller Öffentlichkeit abgehandelt und Dichten durchaus als Wohnen auf dieser Erde verstanden, als Leben im Ausnahmezustand im Angesicht des unvermeidlichen Todes. Und der Auseinandersetzung wächst von Anfang an eine theologische Dimension zu, da der Künstler ausdrücklich „ein am Leiden erprobter Mensch" ist (wie Ferdinand Ebner den religiösen Menschen definierte). Der leidende Mensch ist es denn auch in der Regel, der dem Nachbarn ein Mitspracherecht einräumt und auch jedem Essay, über den liebelosen Gebrauch des Wortes hinaus, Berechtigung im wechselseitigen Zuspruch verleiht.

Die künstlerische Produktion in der zweiten Hälfte des zwanzigsten Jahrhunderts ist dadurch gekennzeichnet, daß sie für Meisterwerke wenig Raum bietet. Statt dessen ist sie bestrebt, allseitig handhabbare Modelle zu liefern, die Schranken zwischen Produzenten und Konsumenten abzubauen und den Begriff des Schöpferischen überhaupt außer Kraft zu setzen. Marcel Proust hat manchen dieser Tendenzen bereits entsprochen und sich der „Recherche" gerade deshalb unterzogen, weil er individuelle Erfahrungen tradierbar und damit allgemein zugänglich machen wollte. Sein Roman ist dadurch ausgezeichnet, daß er nicht zu einem Ergebnis führt, also die Suche nicht durch einen benennbaren Fund gekrönt wird, sondern sich der Weg zur Wahrheit als Wahrheit zu erkennen gibt.

Insofern bleibt nichts Greifbares zurück, nichts was zum Besitz oder zu Privilegien ausarten könnte. Auch der Dichter, der seinen Roman abgeschlossen hat, bleibt auf dem Weg und läßt das Kunstwerk hinter sich zurück und überläßt es der Nachwelt, der es eigentlich zugedacht ist.

Der heute inkriminierte Aspekt des Schöpferischen, das auf der Wahrung seiner Urheberrechte besteht, tritt bei Proust zurück zugunsten eines Vorganges, der nicht auf schöpferische Originalität abzielt, sondern die Anteilnahme an der Erschaffung der Welt, an der göttlichen, die Vollendung immer noch hinausschiebenden Schöpfung meint. Welche Rolle nun trotz allem die Konstruktion, der planvolle Aufbau des Kunstwerks, spielt, wird zu erwägen sein, doch wird sie sich nie restlos mit der Entstehung des Kunstwerks decken und als seine grundlegende Bedingung zu definieren sein. Immerhin ist es eine uralte Weisheit, zeitliche Abläufe bewußt zu gliedern, insbesondere die Liturgie planmäßig zu gestalten, deren Einrichtung umso strikter gewahrt wird, je weniger man sich aus der pünktlichen Befolgung des Gesetzes den Einbruch der Gnade erhofft. In dem Band „Die wiedergefundene Zeit" schrieb Proust: „. . ., daß das geringste Wort, welches wir in irgendeiner Epoche unsere Lebens gesprochen haben, die unbedeutendste Gebärde, welche wir gemacht haben, von Dingen umgeben waren und den Widerschein dieser Dinge auf sich trugen, was beides logisch gesehen mit ihnen nichts zu tun hatte und durch unseren Verstand davon getrennt worden ist, da dieser für sein Bedürfnis der Beweisführung nichts damit anzufangen wußte."

Diese dem rätselhaften Glücksempfinden verhaftete Art des Gedächtnisses entwirft keine Bilder, die jenen ähnlich wären, die bei der unmittelbaren Abbildung eines Sachverhaltes entstehen und logischen Zusammenhängen, die verstandesmäßig erfaßbar sind, Rechnung tragen. In jedem Fall aber sind es Bilder, die vom Gedächtnis entworfen werden, wobei das entscheidende Kriterium nicht die überprüfbare Korrektheit der Abbildung ist, sondern ausschließlich die Beseligung, die das Bild im Beschauer hervorruft. Proust distanziert sich dabei ausdrücklich von dem, alle Dinge gleichmäßig erfassenden Gedächtnis, das nur Langeweile erzeugt und nicht die Wonneschauer auslöst, welche die unwillkürliche Erinnerung an blitzartig erhellte, aus dem Zusammenhang herausgerissene Ereignisse so kostbar machen.

Daß Proust der Methodik dieser unwillkürlichen Erinnerungen auf die Spur zu kommen trachtet, daß die Bereitschaft zu solcher Erfahrung den Gang seines Kunstwerks prägt, ist nicht mit den entsprechenden sprach- und geschichtsphilosophischen Impulsen Prousts zu erklären. Prousts Glücksverlangen war nicht mit der Beschwörung, Verjüngung und Erschaffung der Welt allein zu stillen, sondern umschloß gleicherweise Dinge und Menschen. Freundschaft und Liebe waren für den vor jeglicher Berührung zurückscheuenden Dichter ständig Gegenstände der Reflexion. In der Begegnung mit Menschen war die unbefriedigende Gegenwart für ihn anstößig, welche die Sehnsucht nur zu rasch besänftigte und oft die Liebe zum Erlöschen brachte. Der leibhaftig ins Zimmer tretende, sehnlichst erwartete Mensch verblaßt neben den Bildern, welche die Phantasie von ihm ausgemalt hatte und es wurde für den Dichter zum Gebot der Höflichkeit, diesen für ihn niederschmetternden Eindruck unmittelbarer Gegenwart durch liebenswürdigste Konversation zu überbrücken.

Die von der Sehnsucht beflügelte Phantasie beruft sich stets auf das Gedächtnis, wobei die Erinnerung an frühere Begegnungen zu Rate gezogen und weiterverarbeitet wird. Auch diesem Gedächtnis rückt Proust kritisch zu Leibe, ist ihm doch auch die Kehrseite vertraut, wo das Gedächtnis nach dem Hinscheiden geliebter Personen den Hinterbliebenen nur allzu rasch im Stich läßt. Auch hier bleibt es dem unwillkürlichen Gedächtnis überlassen, in die Bresche zu springen und aus banalen, zufälligen Umständen Erinnerungsbilder von ungeahnter Leuchtkraft zu wecken.

„Die Bande zwischen einem Wesen und uns existieren nur in unserem Denken. Wenn das Gedächtnis nachläßt, lockern sie sich, und ungeachtet der Illusion, der wir gern erliegen würden, und mit der wir aus Liebe, aus Freundschaft, aus Höflichkeit, aus Rücksicht auf die Menschen, aus Pflichtgefühl die anderen betrügen, existieren nur wir allein. Der Mensch ist das Wesen, das nicht aus sich heraus kann, das sie anderen nur in sich selber kennt und lügt, wenn es das Gegenteil behauptet."

Aus diesem Zitat ließe sich eine Absage an alle zwischenmenschliche Begegnung herauslesen. Proust äußerte sich stets auch skeptisch über die Erkenntnisse, die uns kraft der Liebe zuteil werden und uns über das hinwegtäuschen, was uns in Wahrheit unbekannt blieb. Immerhin wahrt auch hier das Gedächtnis seine Schlüsselposition, denn aufgrund des Gedächtnisses fühlen wir uns zu dem geliebten Wesen hingezogen und leiden unter seiner Abwesenheit. Wie bei der Erkenntnis der in die Vergangenheit entschwundenen Welt, deren willkürliche Beschwörung uns selbst bei photographischer Genauigkeit der Abbildung gleichgültig bleibt, scheiterte Proust auch im zwischenmenschlichen Bereich. Um diesem Dilemma zu entrinnen, um das verlorene Paradies wieder zu gewinnen und die adamitische Unschuld wiederherzustellen, sah sich Proust einzig auf den Weg des Kunstwerks verwiesen. Die „Recherche" gewann damit eine religiöse Dimension, wurde sie doch zur entschiedensten Ausweitung der geschöpflichen Möglichkeiten und zur eindringlichsten Erinnerung an den nach Gottes Ebenbild geschaffenen Menschen.

„Beiläufig bemerkte ich, daß in dem Kunstwerk, zu dessen Inangriffnahme ich mich schon ganz bereit fühlte, ohne daß ich mich bewußt dazu entschlossen hatte, große Schwierigkeiten sich ergeben würden, müßte ich doch die aufeinanderfolgenden Teile in einem Material ausführen, das sehr verschieden von demjenigen wäre, was zu der Erinnerung an Morgenstunden am Meeresufer oder Nachmittagen in Venedig paßte, sobald ich jene Abende von Rivebelle würde schildern wollen, wenn in dem auf den Garten geöffneten Speisesaal die bereits gelockerte Hitze niederzusinken, sich abzulagern begann und ein letzter Lichtschein die Rosen auf den Mauern des Restaurants erhellt, während noch die späten Aquarelltöne des Tages am Himmel sichtbar waren – in einem deutlich unterschiedenen, neuen, besonders durchscheinenden und sonoren, einem dichten, kühlenden rosenfarbenen Stoff."

All diese Schwierigkeiten, die sich der Entstehung des Kunstwerks in den Weg stellen, schiebt Proust vorerst kurzerhand beiseite. Ihn beschäftigt der Grund des Glücks, das er in seltenen Augenblicken genießen durfte und das seinen Ursprung stets in der Vergangenheit hatte, sich aber doch in der Gegenwart – ohne restlos in ihr aufzugehen – ereignete.

„Nur ein Augenblick der Vergangenheit? Vielleicht weit mehr als das; etwas, was – zugleich der Vergangenheit und der Gegenwart zugehörig – viel wesentlicher als beide ist. So viele Male hatte im Laufe meines Lebens die Wirklichkeit mich enttäuscht, weil in dem Augenblick da ich sie wahrnahm, meine Einbildungskraft, die mein einziges Organ für den Genuß der Schönheit war, sich nicht dafür verwenden ließ: auf Grund des unumstößlichen Gesetzes, daß einzig das Abwesende Gegenstand der Imagination sein kann."

Auch für diese Stelle finden sich in Prousts Roman hinreichend Belege dafür, daß nicht allein die augenblickliche Wirklichkeit einer Kathedrale oder einer venezianischen Lagune gemeint ist, sondern daß vor allem der geliebte Mensch – Albertine zum Beispiel – Gegenstand der Imagination ist. Die Begegnung, in der sich scheinbar alle Erwartung erfüllt, bringt soviel verwirrende Gegenwart mit sich, daß sich der Erzähler ihr immer häufiger zu entziehen trachtet und eifersüchtig den Spielraum für seine Einbildungskraft hütet. Seine Leiden sind der Preis, den er für diese, Genuß bringende Distanz zum geliebten Gegenstand zu zahlen bereit ist. Wiederum hat es den Anschein, als wäre die Entscheidung ausschließlich zugunsten des Kunstwerks gefallen und als käme der Sprache lediglich der Gebrauch im Dienste des Kunstwerks zu.

Proust spricht im Zusammenhang mit der flüchtigen Begegnung mit Fragmenten des Daseins, die möglichkerweise der Zeit entzogen waren, von „geistigem Leben" in einem neuartigen, auf die Essenz der Dinge bezogenen Sinn. Diese Geistigkeit, die nichts mit einer Folge logischer Überlegungen im Bereich des von Langeweile geprägten willkürlichen Gedächtnisses zu tun hat, offenbart sich in blitzartig erhellten Ereignissen, welche die Lust zu leben in einem ungeahnten Maß erhöhen.

„Denn die Wahrheiten, die der Verstand unmittelbar und eindeutig in der Welt des hellen Tageslichts aufgreift, besitzen weniger Tiefe, weniger innere Zwangsläufigkeit als diejenigen, die das Leben uns ohne unser Zutun in einem Eindruck mitgeteilt hat, der zwar gegenständlicher Natur ist, weil er durch die Sinne zu uns dringt, aus dem wir aber das geistige Element dennoch herauslösen können."

Das geistige Element, das Proust von den Verstandeswahrheiten deutlich unterscheidet, aber dennoch in bestimmter Weise von Sinneseindrükken gleichsam ausfiltert, steht dem icheinsamen Idelalismus noch durchaus nahe. Es ist aber auf besondere Weise in das Zusammenspiel von Vergangenheit, Gegenwart und Zukunft, das vom Individuum erlebt wird, eingelagert und zeichnet sich durch sein unkonventionelles Verhältnis zur menschlichen Existenz als solcher und zur Intensität der Lebenserfahrung aus. Die Filterung des geistigen Elements aus dem beseligenden Genuß des, Augenblicke währenden, Sinneseindrucks bedeutet, daß seine Essenz sprachlich faßbar wird. Der Erzähler lernt es, Auskunft zu geben und dringt damit über die privateste Sphäre hinaus in die Öffentlichkeit vor. In die Öffentlichkeit des anonymen Lesers, der kein Zeitgenosse des Erzählers zu sein braucht. Das Kunstwerk existiert nun einmal in der Öffentlichkeit und nur im Kunstwerk wird das geistige Element offenbar, das dem, der es festhalten wollte, bislang im Augenblick des Genusses schon entglitten war.

„Kurz und gut, in dem einen wie dem andern Falle, ob es sich nun um Eindrücke wie denjenigen handelt, den mir der Anblick der Kirchtürme von Martinville geschenkt hatte, oder um Reminiszenzen wie die bei der Ungleichheit der beiden Steinplatten oder dem Geschmack der Madeleine auftauchenden, ich mußte versuchen, die Empfindungen als die Zeichen ebenso vieler Gesetze und Ideen zu deuten, indem ich zu denken, das heißt aus dem Halbdunkel hervortreten zu lassen und in ein spirituales Äquivalent umzusetzen versuchte, was ich empfunden hatte. Was anderes aber war dieses Mittel nun – das mir das einzige zu sein schien – als das Schaffen eines Kunstwerks?"

Proust stieß hier, wo es um den Versuch, zu denken, als solchen ging, unverzüglich auf den grundlegenden Sachverhalt, daß dem Denken keine Wahl bleibt. Und gerade dieses Charakteristikum empfindet er als Zeichen seiner Echtheit. Das Primäre ist stets das Leben: „Um welche vom Leben in uns zurückgelassene Idee es sich auch handelt, ihre materielle Gestalt, die Spur des ‚Ein-drucks', den sie in uns hinterlassen hat, ist noch immer das Unterpfand ihrer notwendigen Wahrheit."

Doch warum begnügt sich Proust nicht mit dem Denken, dessen Ausprägung im Philosophischen er als unzureichend erkennen muß, dessen Unerschöpflichkeit jedoch Lebenslust bedeutet? Warum ist für ihn die Kunst das Wirklichste und warum hält er es für seine Pflicht, als Künstler zu bestehen? Warum begnügt er sich nicht mit der Schlichtheit des Denkens, sondern träumt von der Vollendung des Geistes? Warum bleibt er entschieden der Einsamkeit verhaftet, wenn er schreibt: „Was wir nicht durch unser persönliches Bemühen erst haben entziffern, erst haben aufhellen müssen, was nicht schon klar war, ehe wir darauf stießen, gehört uns nicht eigentlich an. Aus uns selbst kommt nur, was wir ganz allein aus dem Dunkel unseres Inneren herausholen und das den andern unbekannt ist."

Entscheidend ist also das Maß persönlicher Begnadung und jegliche Kommunikation scheidet aus, jegliche Diskussion, welche die Lage des in sich hineinhorchenden Künstlers verbessern könnte. Das Kunstwerk präexistiert bereits im Künstler und alle Anstrengung gilt nur seiner Entdeckung, die von der Erfahrung beflügelt wird, im Kunstwerk auf das wahre Leben, die Wirklichkeit im eigentlichen Sinn des Wortes gestoßen zu sein. Bei alldem ist nicht zu vergessen, daß der Künstler, – der Zeit enthoben – für die Zukunft nichts zu fürchten und somit der Tod seinen Schrecken für ihn verloren hat.

Die Entstehung des Kunstwerks in der Stille und aus der Einsamkeit des Künstlers wäre demnach in den Vorgang des Sterbens eingeschlossen, ja sein sublimster Ausdruck und die Außerzeitlichkeit bloße Illusion. Die Sublimierung bedeutet Sprachwerdung. Proust schrieb 1912 an die Prinzessin Bibesco, daß ihm nichts fremder sei, „als in der unmittelbaren Empfindung, geschweige denn in der materiellen Erfüllung die Gegenwart des Glücks zu suchen." Das Anstößige für ihn ist immer die Gegenwärtigkeit einer Empfindung. Glück wird ihm erst zuteil, wenn er an die Empfindung erinnert wird, er sie *zwischen* Gegenwart und Vergangenheit auskosten kann. Diese Verdrängung aus der Gegenwart, die eine Empfindung nicht in bloße Vergangenheit verschließt, sondern sie unmittelbar zum Ereignis werden läßt, vermag allein die Sprache. Dabei spielen literarische Ambitionen oder Besonderheiten des Stils keine Rolle. Und gerade der Ästhet Proust war es, der entdeckte daß der Jargon der Bedienten oder die in Abkürzungen schwelgende Geheimsprache des verschworenen Clans der oberen Zehntausend eher zwischen Gegenwart und Vergangenheit angesiedelt ist, als manche ruhmgekrönte, formvollendete Dichtung.

Hier ist freilich anzumerken, daß Prousts inniges Vertrauen zur Sprache nur innerhalb seines eigenen Romans, des in seinem eigenen Innern entdeckten und ans Licht der Sprache gehobenen Kunstwerks gilt. Ungeachtet aller Bewunderung für andere, ihm in der Welt begegnende Sprachkunstwerke öffnet sich ein Abgrund des Mißtrauens, wenn Sprache mit dem Anspruch auf Mitteilung an Proust herantritt. Die Konsequenz auch im Hinblick auf seinen eigenen Roman lautet: Was in seinem eigenen Innern den andern unbekannt war, bleibt letztlich auch nach seiner Veröffentlichung unbekannt. Der Künstler verharrt hinter der chinesichen Mauer seiner Icheinsamkeit und es bleibt eine Täuschung, daß er mittels des Kunstwerks dem Leser einen Weg zum Innern des Menschen Proust eröffnet habe. Der Leser des Romans wird unbarmherzig auf die einzige Wirklichkeit, nämlich den Bereich seines *eigenen* Empfindens, verwiesen. Ich und Du finden nicht zu einander und das Kunstwerk wird zum Leitfaden der Meditation, zur Ordensregel, die weniger auf Brüderlichkeit als auf Selbsterkenntnis abzielt.

„Eine Stunde ist nicht nur eine Stunde; sie ist ein mit Düften, mit Tönen, mit Plänen und Klimaten angefülltes Gefäß. Was wir die Wirklichkeit nennen, ist eine bestimmte Beziehung zwischen Empfindungen und Erinnerungen, die uns gleichzeitig umgeben – eine Beziehung, die bei einer einfachen kinematographischen Wiedergabe verlorengehen würde, da diese sich um so mehr von der Wahrheit entfernt, je mehr sie sich auf sie zu beschränken vorgibt – eine einzigartige Beziehung, die der Schriftsteller wiederfinden muß, um für immer in seinem Satz die beiden verschiedenen Pole miteinander zu verbinden."

Hier ist von den besonderen Beziehungen von Raum und Zeit bei Proust die Rede, die Georges Poulet veranlaßten, in einer Studie die „Suche nach der verlorenen Zeit" auch als eine Suche nach dem verlorenen Raum zu deuten. Poulet schreibt:

„Wenn die vertrauten Orte uns manchmal verlassen können, so können sie doch ebensogut uns auch wieder entgegenkommen und zu unserer großen Erleichterung ihren ursprünglichen Platz wieder einnehmen. Man sieht, daß die Worte sich genauso wie die Augenblicke der Vergangenheit, wie die Erinnerungen verhalten. Sie gehen, sie kehren wieder. Und ebenso wie wir in bestimmten Epochen unseres Daseins plötzlich ohne Ursache und ohne Willensanstrengung die verlorene Zeit wiederfinden, sieht sich das auf dieselbe scheinbar zufällige Weise dank dem Eingreifen irgendeiner Vorsehung im Raum verirrte Wesen, das wir waren, auf einmal bei sich zu Hause und findet gleichzeitig den verlorenen Ort wieder."

Poulet weist nach, daß jede Person bei Proust sich von einem bestimmten Raum oder einem System von Räumen abhebt. Räumlichkeiten spielen in allen unwillkürlich aufsteigenden Erinnerungen eine Rolle und die Person ist letztlich von ihrer Lokalisierbarkeit nicht zu trennen. Man könnte auch soweit gehen, daß erst die räumliche Anordnung von Buchstaben und Wörtern auf einem Blatt Papier die wiedergefundene – im Kunstwerk wiedergefundene – Zeit besiegelt. Poulet spricht auch von der Rolle, welche Namen in Prousts Werk spielen, und nennt nicht von ungefähr an einer Stelle den Roman „eine umfassende Ausweitung des Themas der Macht der Namen über den Geist."

Der Name ist gleichzeitig etwas Individuelles und etwas Lokales. Er hängt untrennbar der Person an, auch der Person des Künstlers, die durch ihn lokalisierbar, aber auch anrufbar wird. Namen wekken nicht nur die Phantasie und die Sehnsucht, sie sind auch Zeugnisse sprachlicher Zuverlässigkeit. Der bei seinem Namen Gerufene kann sich dem

Rufer nicht entziehen. Dies geht bis zur magischen Verfügbarkeit dessen, der seinen Namen preisgegeben hat. Lokalisierung bedeutet auch Inbesitznahme. Der Name der Geliebten verbürgt dem Liebenden ihre Verfügbarkeit. In Prousts Romanexperiment ist der Vorgang der räumlichen Abschließung präsent, der aller zeitlich bedingten Flüchtigkeit, der dem Entschwinden der Geliebten, Einhalt gebieten soll. Der Riegel an der Tür ändert nichts am Ablauf der meßbaren Zeit, garantiert aber die Gegenwart des geliebten Gegenstandes, der zwischen Gegenwart und Vergangenheit gefangengehalten wird. Der Besuch bei der Geliebten wird nicht restlos zur Vergangenheit, da es genügt, das Zimmer, in dem die Geliebte in Gewahrsam gehalten wird, zu betreten, um den Besuch zu erneuern und wieder zur Gegenwart zu machen.

Proust hat sich freilich von derart direkten, den materiellen Genuß sichernden Maßnahmen distanziert und das Verhältnis von Raum und Zeit sublimer definiert. So stoßen wir auch hinsichtlich des Namens etwa auf folgenden Satz: „Irgendein Namen, den wir in einem Buch von früher gelesen haben, enthält zwischen seinen Silben die rauhen Windstöße und den glitzernden Sonnenschein, die herrschten, als wir es lasen."

Im Namen durchdringen sich Raum und Zeit. Die strikte Bindung an den Ort oder die Person, die den Namen trägt, läßt ihn als eine Auszeichnung erscheinen, die Unverwechselbarkeit verbürgt. Diese Unzweideutigkeit, die zugleich Isolierung gegenüber allem Ähnlichen bedeutet, wird mit der Zeit durchlässig. Wem ein bekannter Name auf der Zunge liegt, der hält sich, um sich ihn ins Gedächtnis zu rufen, an mehr oder minder zufällige Begleitumstände, die beim früheren Gebrauch des Namens eine Rolle spielten. Der Name, der anfangs als Kristallisationspunkt scheinbar bloß die Funktion hatte, Gegenstände, Orte oder Personen zu definieren und ihre Identifikation zu ermöglichen, ist mit einem Male zu erstaunlichen Prozessen fähig, die zur Verschmelzung mit ähnlichen Bereichen, Gegenständen oder Personen führen.

Stets ist es für Proust die unaufhebbare räumliche Trennung, die ihn in der Liebe resignieren läßt und die zumal in der unmittelbaren Gegenwart des geliebten Wesens schmerzlich fühlbar wird. Zuvor, wenn er an Albertine oder Gilberte nur dachte, konnte er ihnen die Worte in den Mund legen, die er als Liebender von ihnen erwartete. Er brauchte nicht auf eine plötzliche Kühle oder eine beiläufige Bemerkung, die seine Eifersucht weckte, gefaßt zu sein. Liebe ist bei Proust ein rein subjektives Phänomen und die Geliebte wird vom Liebenden als eine Person erschaffen, die von der offiziellen Trägerin ihres Namens verschieden ist. Der Name bleibt allein objektiv faßbar und sorgt für die Vereinigung der verschiedenen Seiten, welche seine Trägerin der Umwelt darbietet, je nachdem ob sie mit liebenden oder mit gleichgültigen Augen betrachtet wird.

„Wenn man liebt, ist die Liebe zu stark, um ganz in uns enthalten zu sein; sie strahlt aus auf die geliebte Person, trifft an ihr eine Oberfläche, die sie aufhält und zwingt, zum Ausgangspunkt zurückzukehren: diesen Rückschlag unserer eigenen Zuneigung nennen wir das Gefühl des andern, diese

Rückkehr entzückt uns mehr als der Hinweg, denn wir erkennen gar nicht, daß es unser eigenes Gefühl ist, was da zurückkehrt."

Liebe wird hier als Ausdehnungsprozeß erklärt, der an seine Grenzen stößt, aber nie zur Verschmelzung führt. An dieser Einsicht hält Proust unerschütterlich fest, besiegelt sie doch die Einsamkeit des Künstlers, dessen Denken nur den einen Weg gehen kann, der zur Entstehung des Kunstwerks führt. Im Kunstwerk vollzieht sich dann kraft des Gedächtnisses das Ereignis, daß in sich abgeschlossene Vorgänge, Fragmente des Lebens, die auf kontinuierliche Weise beschworen und aneinandergereiht werden, auch untereinander in Beziehung treten. Dies geschieht am Ende des schier unerschöpflichen Stromes von Worten, wenn der Künstler seinen Plan offenbart und die Komposition seines Werkes preisgibt, die all die unterschiedlichen Ereignisse und Personen im Gedächtnis verfügbar hält und ihre Vielfalt zur Einheit des Kunstwerks verschmilzt.

Das „unbeschreiblich wirksame Band einer Wortverbindung" (Ferdinand Ebner) ist es, worauf Proust baut. Die Wahrheit ist ihm verbürgt, wenn die Wortverbindung sich als geglückt erweist. Dabei wiederum spielen die Namen eine entscheidende Rolle. Sie sind nicht bloße Begriffe, sondern bringen die Unmittelbarkeit des Lebens, bringen Vergangenheit, Gegenwart und Zukunft ins Spiel. Namen können sich Begriffen nähern und deren Gleichgültigkeit annehmen, sie können aber auch eine strahlende Einzigartigkeit verkünden und die Einmaligkeit des Glücks zum Ausdruck bringen.

Georges Poulet ist nicht von ungefähr bei Proust auf das Thema der Macht der Namen über den Geist gestoßen. Dem Künstler Proust, der so eigensinnig auf der Subjektivität der Liebe und der Unüberschreitbarkeit der Grenzen des Ichs beharrte, ist es nicht verborgen geblieben, daß gerade der Eigennamen auf die mögliche Aufhebung dieser Grenzen hindeutet. Trägt der Gegenstand, zu dem die Liebe hinflutet, an dessen Oberfläche sie anprallt und von dem sie wiederum zurückströmt, einen Namen, so ist er kein Ding mehr. Das Du wird zum Einzelnen ohne Gattung, als den auch das Ich sich erkannt hat. Und der Name ist nicht etwas, was das Ich dem Du verleihen könnte, sondern etwas was es zu erfahren, was es zu entdecken gilt, wie der Künstler dazu angehalten ist, das Kunstwerk in sich zu entdecken. Und wie der Künstler im Kunstwerk die eigentliche Wirklichkeit erfährt, erfährt er kraft des Namens die Wirklichkeit des Du, dem er nichtmehr als Gegenstand begegnet, sondern das er als Gegenüber, als Person, die den Mund öffnet, und Mittelpunkt wie er selber ist, erfährt.

Was nun dem Menschen Proust aus dem Mund seines Nächsten entgegenbrauste, war Geschwätz, Lüge und ein Strom von Mißverständnissen, der ihn zurücktrieb hinter die Mauern seiner Icheinsamkeit. Er selbst wußte doch, daß er sich nicht verständlich machen konnte und daß man ihn gerade dort mißverstand, wo er sehnlichst auf Verstehen hoffte. Was hatte hier zu geschehen? War auf die Kraft der Wortverbindungen zu bauen oder auf eine neue Grammatik, die jeden Zweifel ausschloß und welchselseitig die Herzen bloßlegte? Proust beantwortet diese Frage nicht ausdrücklich, sondern spricht stets von dem wesentlichen Buch, dem einzig wahren Buch, das im Schriftsteller bereits existiert, folglich nicht erfunden, sondern übersetzt werden muß. Pflicht und Aufgabe eines Schriftstellers sind demnach die eines Interpreten.

„Alle unsere geheuchelte Gleichgültigkeit, unsere Empörung über die so natürlichen Lügen der Geliebten, Lügen, die ganz denjenigen gleichen, die wir selbst anwenden, mit einem Wort, alles was wir jedesmal, wenn wir uns unglücklich oder verraten fühlten, nicht nur unaufhörlich dem geliebten Wesen gesagt haben, sondern sogar, wenn wir darauf warteten, es zu sehen, unendlich oft uns selber sagten – manchmal mit lauter Stimme in der Stille unseres Zimmers, in dem nur einige Sätze aufklangen wie: ‚Nein, wirklich, ein solches Verhalten ist unerträglich' oder ‚Ich habe dich noch ein letztes Mal bei mir sehen wollen, und ich leugne nicht, daß es mir Qualen bereitet' – so bedeutet eine Rückführung von alledem auf die wirklich empfundene Wahrheit, von der es sich so weit entfernt hat, die Vernichtung alles dessen, woran wir am meisten festhielten, dessen, was, wenn wir allein mit uns waren, bei dem fieberhaften Planen von Briefen, die wir schreiben, und Schritten, die wir unternhmen wollten, unser leidenschafterfülltes Selbstgespräch bildete."

Unter welchen Gesichtspunkten erfolgt diese schmerzliche Reduktion eines solchen leidenschaftlichen, von großen Gesten unterstrichenen Selbstgesprächs? Proust spricht an einer anderen Stelle seines Romans davon, daß man sich einfach an einen anderen Ort versetzen und einen späteren Zeitpunkt vorwegnehmen müsse.

„Um mir ein Bild von dem zu machen, was in Gilberte vorging, hätte mein Gefühl schon an diesem ersten Januar vorwegnehmen müssen, was ich an diesem Datum in einem der folgenden Jahre gefühlt hätte, das heißt zu einer Zeit, in der Gilbertes Anteilnahme so gut wie ihr Schweigen, ihre Zuneigung, wie ihre Kühle mir fast nicht aufgefallen wären; dann hätte ich aber nicht daran gedacht oder auch nur daran denken können, mich mit der Lösung von Problemen zu befassen, die nicht mehr für mich in Frage kamen."

Das heißt, solange ich brennend daran interessiert bin, mir ein Bild von dem zu machen, was in dem geliebten Du vorgeht, stoße ich auf unüberwindliche Schwierigkeiten. Sobald ich aber den nötigen Abstand und die Ruhe habe, mich in einen andren Menschen hineinzuversetzen, ist alles Interesse erloschen und sind alle Probleme verschwunden. Was also der willensmäßigen Anstrengung versagt bleibt, fällt einem dann in den Schoß, wenn man längst resigniert hat und die Gnade gar nicht mehr zu würdigen weiß. Wieder also treffen wir auf ein Argument Prousts, daß sich die Anstrengung nur im Bereich des eigenen Ichs, bei der Interpretation des Kunstwerks lohnt. Was fange ich aber mit dem vollendeten Kunstwerk an? Freue ich mich bloß an der Vollendung des eigenen Geistes, der Fülle an Selbsterkenntnis und der Berührungen mit der eigentlichen Wirklichkeit, die mir bei der Entstehung des Kunstwerks zuteil wurden, und begnüge mich nach außen hin mit dem Applaus der Nachwelt?

Proust spricht die selbstverständlichen Voraussetzungen der Entstehung des Kunstwerks nicht eigens aus. Er spricht von seiner Präexistenz im eigenen Inneren und nennt immer wieder das Leben die schöpferische Kraft, die mit der Zeit alle im Kunstwerk aufgehobenen Eindrücke herangeschafft und in unserem Gedächtnis niedergelegt hat. Und mit dem Leben ist stets die Sprache eine der grundlegenden, aber kaum eigens angesprochenen Voraussetzungen. Bei alldem aber verfängt die theoretische Anstrengung nicht mehr. Das Denken kann nicht auf den eigenen Grund kommen, sich an den Anfang des Lebens in einen sprachlosen, der Sprache voraufgehenden Zustand zurückversetzen. Es ist immer schon in eine Bahn gebracht und hat im Grunde keine andere Wahl, als diese Bahn zu verfolgen und zu verstehen, was mit ihm damit aufgegeben wurde. Das Ich interpretiert zeitlebens die in ihm herrschenden Verhältnisse, könnte man sagen, es verändert sie nicht.

Sprich, damit ich dich höre! Sprich so, daß ich dich verstehen, daß ich dich begreifen und lieben kann! Proust jedoch schweigt von der Versöhnung des Wortes mit der Liebe. Jegliches Reglementierung der Sprache ist ihm fremd, er freut sich vielmehr an absonderlichen Sprachwucherungen, die er entdecken kann, an einem spezifischen Jargon, welcher der Herstellung zweckmäßiger Kontakte dient und die Lebendigkeit der Korrespondenz bezeugt. Lebendigkeit der Sprache ist für Proust die Luft, in der er atmet. Er versucht Sprache zu verstehen und inniger zu begreifen, ohne sie jedoch in ihrem Bestand anzutasten.

Und die Grenzen des Ichs werden schließlich auch für den hinter Korkwänden isolierten, abgeschirmt vom Tageslicht ausharrenden Dichter durchlässig. Die Glücksmomente, die der Erzähler in seinem Roman beschreibt, mögen für die Mitwelt belanglos sein. Kraft ihrer Überlieferung jedoch, kraft der Funktion, die sie im wohlgeordneten Organismus des Kunstwerks einnehmen, sind sie letztlich getragen von brüderlicher Zustimmung.

Diese Behauptung steht in keinem Widerspruch zu der Tatsache, daß das Kunstwerk in seiner höchstentwickelten Form in sich abgeschlossen bleibt, keine persönliche Mitteilung enthält und sich aus ihm bestenfalls Regeln der Selbsterkenntnis ablesen lassen. Man kann vom Kunstwerk keinen Gebrauch machen, aber sein Bestehen und Entstehen – gerade in seiner Ausgesetztheit, die immer Ausgesetztheit dem Tode gegenüber ist, – hat das Vertrauen in brüderliche Gemeinsamkeit zur Voraussetzung. Der Schriftsteller interpretiert und übersetzt aus seinem Inneren, weil ihn die Gemeinsamkeit trägt, über die es keines Gedankenaustauschs bedarf. Die Gemeinsamkeit ist beschränkt auf die Gemeinsamkeit der Sprache und des Lebens. Und die gemeinsame Ausgesetztheit dem Tode gegenüber gibt dem Einzelnen das Recht, für seine Aufgabe auch in krassem Gegensatz zu seiner unmittelbaren Umwelt und auch angesichts der Fülle unausrottbarer Mißverständnisse zu leben. Die anfängliche Gemeinsamkeit verbürgt ihm in jedem Fall das Recht, höchste Anforderungen an sich selbst zu stellen.

Auf den Brückenschlag verweist der Name. Der Name, der nicht erfunden, sondern vorgefunden, der nicht verändert, aber in seiner Bedeutung inniger verstanden werden kann. Der Name, der untrügliches Indiz dafür ist, daß das Ich nicht gänzlich verlassen ist. Prousts Kunstwerk zielt in den Kern der Offenbarung. Es begnügt sich nicht mir „der fest-stellenden, er-zählenden, be-dingenden Sprache der Schöpfung", von der Franz Rosenzweig im „Stern der Erlösung" spricht. Und weiter heißt es bei Rosenzweig: „Der Zeitform der Vergangenheit, in der die Schöpfung als Tat gegründet war und als Ergebnis gipfelte, entspricht hier beherrschend die Gegenwart. Die Offenbarung ist gegenwärtig, ja ist das Gegenwärtigsein selber. Die Vergangenheit, in die auch sie zurücksieht in dem Augenblick, wo sie ihrer Gegenwärtigkeit die Form der Aussage geben möchte, wird ihr nur sichtbar, indem sie mit dem Licht der Gegenwart in sie hineinleuchtet; erst in diesem Blick rückwärts erweist sich die Vergangenheit als Grund und Voraussage des gegenwärtigen, im Ich behausten Erlebens."

Rosenzweigs Sätze, die hier als schlüssiger Proust-Kommentar verwendet werden, bringen den Sachverhalt des Kunstwerks zur Sprache, das dem im Ich behausten Erleben entspringt, dem aber keineswegs – wie dem Geschehen der Schöpfung – die Aussage eigen ist. Die Gegenwärtigkeit des Erlebnisses, schreibt Rosenzweig, wird ursprünglich nur durch die Form des unmittelbar in einem entspringenden, gesprochenen, vernommenen und vollzogenen Gebote befriedigt. Dieser Imperativ der Offenbarung – wir haben ihn bei Proust als den Auftrag kennengelernt, dem der Schriftsteller als Entdecker und Interpret des Kunstwerks entspricht – verläßt nicht den Kreis des Ich und Du. Dergestalt wird der Dingcharakter untergraben, mit dem innerhalb der Welt das Ich dem Du als einem Gegenstand gegenübertritt, von dem der Strom der Liebe bestenfalls zurückprallt. Das Subjekt wird Einzelner. „An Stelle der Artikel", schreibt Rosenzweig, „tritt hier die unmittelbare Bestimmung des Eigennamens. Mit dem Anruf des Eigennamens trat das Wort der Offenbarung in die wirkliche Wechselrede ein; im Eigennamen ist eine Bresche in die starre Mauer der Dinghaftigkeit gelegt. Was einen eigenen Namen hat, kann nicht mehr Ding, nicht mehr jedermanns Sache sein."

Der Umweg, den Proust durch das Kunstwerk ging, führt unseren Kommentars zu der nur andeutungsweise begründeten Vermutung, daß dieser Umweg dem Auftrag entsprang, das Wort der Offenbarung in *die wirkliche Wechselrede* eintreten zu lassen. Der Mensch, der in sich selbst Mittelpunkt und Anfang ist, bringt nun, schreibt Rosenzweig, „diese Begriffe ‚Mittelpunkt' und ‚Anfang' in die Welt." Das Ich verlangt nach Orientierung, nach einer Welt, die nicht in gleichgültigem Nebeneinander liegt, in gleichmütigem Nacheinander hinfließt, sondern eine, die seiner inneren, es in seinem Erlebnis stets begleitenden Ordnung den festen Grund einer äußeren Ordnung unter*baut."*

Prousts Roman in seinem Unterfangen, die glückspendende Erfassung der eigentlichen, über die gegenwärtige Zeit und den gegenwärtigen Raum hinausreichenden Wirklichkeit zu wagen, die Vielfalt in der Einheit des Kunstwerks, in der immerwährenden Zitierbarkeit unterschiedener Ereignisse, zu bannen, versucht jenem Bedürfnis nach

Orientierung gerecht zu werden. Mittelpunkt und Anfang hat Proust in sich selber entdeckt und sich solcherart als Geschöpf erkannt. Mittelpunkt und Anfang mußten somit schon einmal benannt sein. „Grund der Offenbarung, Mittelpunkt und Anfang ist eins", schreibt der jüdische Theologe Franz Rosenzweig, „ist die Offenbarung des göttlichen Namens". Ob Proust diese Offenbarungslehre, die im Nennen und Bekennen des Namens gipfelt, als solche vertraut war, steht nicht zur Diskussion. Man kann sich jedoch kaum der Einsicht entziehen, daß er im Kunstwerk ihrem Auftrag gefolgt ist.

„Die Leiden sind unansehnliche, verhaßte Diener, die man bekämpft, unter deren Herrschaft man aber mehr und mehr gerät; sie sind harte Diener, die unmöglich zu ersetzen sind und uns auf unterirdischen Wegen zur Wahrheit und zum Tode führen. Glücklich, wer die erste vor dem zweiten gefunden hat und für den, wie nahe sie auch zusammenliegen mögen, die Stunde der Wahrheit vor der des Todes schlägt!"

Inhalt: